Los hombres
que no fui

Pablo Simonetti

Los hombres que no fui

Papel certificado por el Forest Stewardship Council®

MIXTO
Papel procedente de
fuentes responsables
FSC® C117695

Penguin
Random House
Grupo Editorial

Primera edición: abril de 2022

© 2021, Pablo Simonetti
c/o Schavelzon Graham Agencia Literaria
www.schavelzongraham.com
© 2021, de la presente edición en castellano para todo el mundo:
Penguin Random House Grupo Editorial, S.A.
Av. Andrés Bello 2299, of. 801, Providencia, Santiago de Chile
© 2022, Penguin Random House Grupo Editorial, S.A.U.
Travessera de Gràcia, 47-49. 08021 Barcelona

© Diseño: Penguin Random House Grupo Editorial, inspirado en un diseño original de Enric Satué

Printed in Spain – Impreso en España

ISBN: 978-84-204-6110-6
Depósito legal: B-3142-2022

Impreso en Unigraf, Móstoles (Madrid)

AL61106

A mis amigos muertos

Mi vida tiene contornos menos definidos. Como suele suceder, lo que no fui es quizá lo que más ajustadamente la define.

MARGUERITE YOURCENAR,
Memorias de Adriano

Carmen

Al salir del metro, luego de cruzar entre un grupo de estudiantes que hacía vibrar la estación con sus consignas, el barrio Lastarria me envolvió con su ajetreo de hoteles, restoranes, vendedores ambulantes y turistas, tan distinto al ritmo lento que mostraba durante los años en que me tocó recorrer sus calles cada día. La presencia del cerro Santa Lucía había servido, quizá, para aislarlo del gentío y el comercio incesante, pero con el cambio de siglo ya no soportó la presión de la ciudad, y el ruido y el tumulto terminaron por invadirlo.

Iba camino a visitar el departamento donde viví hace veinte años. Tenía ganas de volver a verlo, de rememorar algunos de los buenos momentos que pasé ahí. El cielo asomaba brillante entre las cumbreras de los edificios bajos y al fondo se alzaba la ladera sur del cerro como un farellón oscuro.

Luego de su muerte, los herederos del hombre que me lo había comprado ponían a remate su apabullante colección de antigüedades. Era un lugar enorme, ubicado en El Barco, un edificio modernista de los años treinta. La principal motivación de Talo Marini para hacerse de él no habían sido sus hermosas vistas ni sus magníficas terrazas, sino tener el espacio suficiente para desplegar aquellas piezas que había acumulado a lo largo de su vida y que constituían su principal orgullo.

Al entrar al recibidor, salió a mi encuentro el dueño de la casa de subastas. El marco de carey de sus anteojos, su barba bien cuidada y su impecable camisa blanca de piqué pretendían generar confianza en los posibles compradores. A mí, en cambio, me despertaron recelos que no sabía que abrigaba. Había conocido a su hermano, precisamente en los tiempos en que los que viví en ese lugar: un hombre inteligente, talentoso, sensible, creativo, gran escultor, al que su familia había rechazado por ser gay. Mi amigo no tenía nada de la pulcritud de su hermano. Por lo general andaba sucio luego de trabajar en su taller, o de dormir con sus perros, o de cocinar algún guiso sabroso.

—¡Guillermo Sivori! Vuelves a tu casa —me dijo.

—Quería verla, quizá sea la última vez que pueda venir.

—No entiendo por qué le vendiste a Talo esta maravilla. Yo no me habría deshecho de ella ni loco. Está a la venta, por si quieres volver a comprarla.

Iba a darle una explicación, pero un presentimiento me detuvo, tal vez mi rebeldía ante ese deber ser que él quería transmitirme. Era un hombre para quien la posesión de departamentos únicos, cuadros de la Escuela de Barbizon, jarrones de cerámica de la dinastía Qing o platos japoneses Imarí, implicaba una forma de pertenencia, un marco de seguridad, un muro de frontera que los menos afortunados no podían cruzar. Al verlo así tan impoluto, tan bien dibujado, tan nítidamente vinculado a su clase, recordé a su hermano que murió de sida con la sola compañía de sus amigos, sin que nadie de la familia velara su agonía. El martillero debía de pensar que su limpieza lo protegía y lo resguardaba de cualquier enfermedad, y así podía gozar de las bellezas inertes con que se revestía, sin darse cuenta de que su hermano había sido la mayor y más viva belleza que había tenido cerca en toda su existencia.

Me separé de él y entré a la biblioteca enchapada en madera, con sus dos estanterías de encina a lado y lado del gran ventanal que se abría a la arboleda del Santa Lucía. Con la ayuda de mis libros, dos sofás y una mesa de centro de mosaicos la habíamos transformado en nuestro living. Me había imaginado el ingreso a ese espacio como un rito, una revelación de la época que ahí pasamos, condensada por la compañía de la madera y la vista al cerro. La palmera canaria junto a los jacarandás y el palo borracho seguían irradiando el encanto de su reunión improbable. En las noches de viento, la luz de los faroles atravesaba las texturas tan diversas de sus hojas, transformándolas en figuras ominosas que se proyectaban en las calles y las fachadas de los edificios. Recordé una noche así, en que Alberto se fue a dormir, dejándome a solas con su expareja en esa habitación. Su actitud me resultó incomprensible, pero no tuvo ninguna importancia. Qué raro, lo primero que se me venía a la cabeza era esa noche inquieta sin consecuencias. Mi memoria regresaba sin orden alguno, saltándose la línea del tiempo, pero también mi voluntad.

Talo Marini había preferido que la biblioteca fuera su comedor. Las expresiones de su asfixiante coleccionismo estaban a la vista. Los libros encuadernados en cuero o pasta española, formados como batallones sobre las repisas, se hallaban ahí para fines decorativos y no porque su dueño fuera aficionado a la lectura. Delante de esa disciplinada línea de lomos ilegibles, colgaban pinturas en papel de emperadores chinos y, en dos mesas laterales, se exponían colecciones teñidas de prestigio en el pequeño mundo del anticuariado chileno: una estaba cubierta de figuras blancas de porcelana china y la otra de jarrones sangre de toro. El tablero principal estaba dispuesto en todo su esplendor, como un barco de guerra con sus cañones desplegados: vajilla de Sèvres, cubertería Christofle, dos candelabros de plata peruana con doce luces y piezas de platería colonial. Recordé la inhibición que sufrí la única vez que me senté a esa mesa, asustado por el despliegue de tropas y la mirada severa de Talo, su general.

Cualquier posible complicidad con mi lugar predilecto terminó por arruinarse cuando entraron dos mujeres que conocía desde los noventa. Se dedicaban a la decoración. Eran altas, ventrudas como gansos, de voces estudiadas y gestos mayestáticos que seguramente ellas confundían con elegancia. Me saludaron con zalamería, diciendo que esa casa era tan linda gracias a mí. Sentí el regusto amargo de esa época de frivolidad e inconsciencia. Los paseos lentos por las muestras de decoración, la estridencia de las risas demasiado fáciles y las conversaciones demasiado triviales. Yo apenas sonreí y dije algo tonto sobre lo bonitas que eran las sillas de comedor, comentario ideal para que una de ellas, con su boca tumefacta de relleno sintético, me dejara en ridículo:

—Son réplicas, ya le advertí a Miguel que no siguiera diciendo que son Cruz Montt. Se nota de lejos. Mírales las patas, parecen sillas fiscales.

Las dejé atrás y volví al recibidor. Un espejo veneciano colgaba de la pared, a un costado de las puertas de la biblioteca. Me miré en él, escindido y distorsionado por las facetas de cristal, la cabeza morena, más morena en el viejo azogue, pequeña bajo la coronación, los hombros y brazos proyectados hacia afuera, como descoyuntados, el cuerpo dividido en tres, las piernas escurriéndose como la cola de un tritón en los arabescos de su base. Pensé en las distintas épocas de mi vida, en cómo cada una de ellas ofrecía una imagen incompleta y desfigurada de quién era yo, pero que tal como mi estampa en ese espejo, se reunían dentro de un mismo contorno.

Enfrente había una pareja de globos terráqueos. Uno representaba la tierra y el otro, la esfera celeste. Recuerdo haberlos contemplado con cierta codicia la vez que Talo me invitó a comer.

Me gustó su textura apergaminada y la idea de que hubieran sido fuente de conocimiento. Incluso le pregunté si estaría dispuesto a vendérmelos. Me dijo que era imposible porque ya tenían un heredero asignado, lo que resultó no ser verdad. Ahí estaban exhibidos como anfitriones principales de esa feria de viejas vanidades, dispuestos a embrujar a quienes entraran en ese sitio con nuevas reglas, donde el dinero valía lo que un deseo repentino. Me quedé observándolos un rato, intentando revivir el magnetismo con que me habían atraído. Solo pude recuperar la momentánea necesidad de tenerlos, como si se trataran de una medalla de honor. Luego quise invocar algún buen momento que hubiera ocurrido en esa entrada. Me acordé de una amiga paisajista saliendo furiosa de una fiesta. La expareja de su novio no dejaba de acosarlo. Al partir, se envolvió con un chal de lana cruda que en su vuelo se enganchó con un arreglo de ramas de espino florecidas, el cual terminó en el suelo con el jarrón rojo hecho trizas. Un hecho estrepitoso que no tuvo trascendencia alguna. Mi memoria funcionaba como un sistema de alarma mal sincronizado.

Una voz alegre y querida me sacó de ese recuerdo. La última de mis novias llegaba en ese momento, aquella con la que tuve intenciones de casarme, muy al final de mis esfuerzos por llevar una vida heterosexual. Después de tanto tiempo, me seguía sintiendo atraído hacia ella. Quizá se debiera a su frescor, a su humor eléctrico, a la vivacidad de su mirada, a la fuerza de su carácter tierno pero impetuoso. Se movía rápido, gesticulaba como si corriera delante del tiempo. Tenía el pelo oscuro, la piel asoleada y una cintura que realzaba el largo de sus piernas. En su cara asomaban ya las arrugas y manchas propias de la edad. Tendría poco más de cincuenta años. Se movió con gracia en torno a mí, como si bailara, y me habló con su acostumbrado tono irónico, aunque nada cruel:

—¡Ah, no! Qué increíble encontrarte aquí. Me acordé de esa vez que me dijiste que tú ibas a decorar nuestra casa porque tenías mejor gusto que yo.

—Qué maldad acordarte de eso —dije en tono de broma, mostrando mi alegría de encontrármela con un beso en la mejilla y un abrazo.

—Nooo, si fue peor aun, dijiste que como yo me tejía esas blusas de hilo de manga corta no tenía por dónde tener buen gusto. Qué patúo.

Me reí y me hice el propósito de no encubrir lo que pensaba. Con ella tenía una deuda de honestidad.

—Yo creo que lo decía de puro loca frustrada.

Se puso seria y frunció el ceño.

—Loca nunca fuiste. Conmigo al menos, no. Ahora no me creen que entre nosotros sí pasaban cosas.

Miré alrededor para asegurarme de que nadie nos escuchara.

—Loca soy, y a mucha honra, y tu voto de castidad hasta el matrimonio fue de ayuda.

—Pero, ¡igual!

Siempre había tenido esa energía que brotaba en el énfasis que les imprimía a sus expresiones.

—No sabía que te gustaran las antigüedades.

—Vine de puro copuchenta. No voy a comprar nada. Vi el remate en el diario y pensé que por fin podía conocer el famoso departamento al que nunca me invitaste.

—¿Habrías venido?

—Claro que sí, si tan huasa no soy.

—Pero conservadora, sí.

—Ah, bueno, pero con todo lo que he leído y oído de ti ya me va quedando poco de pechoña. Sigo rezando, total, no le hace mal a nadie.

—¿Te acuerdas de cómo nos conocimos?

—Obvio, ¿tú no?

—No.

—Además eres malagradecido —rio.

—No sé, son tantas las cosas de las que no me acuerdo. Desde que llegué he querido acordarme de lo que viví aquí, pero se me vienen unas escenas raras a la cabeza.

—Nos conocimos por mi hermano Jorge. Estabas almorzando con él en el casino de ingeniería y pasamos mis amigas y yo camino a la facultad de trabajo social. Después te mandé recado con él para que me invitaras a salir. Pero no dicho así, obvio, sino en broma.

Dijo esto acompañándose de esa risa entreverada con las palabras, tan particular de los dos hermanos. La heredaron de la madre, pero la habían enriquecido con una variación más aguda y de mejor ritmo que la volvía encantadora. Mi primera atracción fue hacia Jorge, del que fui ayudante. Tenía un humor parecido al de Carmen y estaba siempre en busca de una oportunidad para reírse de algo o de alguien o de sí mismo. Si hubiera podido, se habría pasado el día entero adornando sus palabras con esa risa melodiosamente entrecortada. Desde niño me he inclinado a tener amistades y amores con quienes reírme. En el caso de ellos, me daba gusto presenciar cómo se burlaban uno del otro en la mesa familiar, sin dejar de transmitirse el cariño y el reconocimiento que se profesaban. En mi familia algo así habría sido impensable, todos tan serios, tan discutidores, tan inseguros y al mismo tiempo tan pagados de nosotros mismos.

Estuvimos casi tres años juntos, a mediados de los ochenta, en medio de la dictadura. Nos gustaba salir a bailar. Yo había aprendido mis primeros pasos con la moda disco y ella se sacaba ese papel de señorita bien y se lanzaba a la pista como una vaquera, siempre jugando, coqueteando, golpeándose los muslos con las manos, armando algún paso divertido. Pronto nos convertimos en una pareja popular, y de parte de sus amigas y mis amigos, porque todavía existían esas separaciones de género en nuestro mundo diminuto, recibíamos muchas invitaciones. Cuando no, nos quedábamos solos en el escritorio del fondo de la casa. Nos besábamos, nos abríamos la ropa para tocarnos, pero nunca llegábamos hasta el final. Yo sentía que no estaba ahí con ella, que era otro hombre el que la buscaba. Ponía toda mi concentración en hacer bien lo que fuera que estuviéramos haciendo, pero jamás me abandonaba a las sensaciones. Estaba plenamente consciente y atento a cualquier oportunidad que se presentara para no continuar. Tenía miedo de que un día me pidiera que siguiéramos adelante.

Las peleas también las veía como oportunidades. Al año de estar juntos, dejamos de vernos por unos días, pero se aproximaba el matrimonio de un primo, gran amigo mío, y ella consideró que no podíamos dejar de ir juntos. Se vistió con un vestido celeste encendido y unas medias que tenían un viso del mismo color. Bailamos gran parte de la noche con un entusiasmo propio de un musical. Al regresar a su casa, estacionados en la calle, todavía yo con la camisa mojada, comencé a tocarle las piernas. El contacto de mi mano con ese tejido suave me gustó y los dos nos excitamos rápidamente. Creo que esa noche pudimos haber llegado hasta el final, pero no sé si fue la calle, su último y desfalleciente «no», o mi indecisión lo que nos contuvo.

Cuando me recibí de ingeniero, me fui a Europa durante dos meses con un amigo de la universidad. Mi madre me reprendió. No podía comprender que un hombre enamorado dejara sola a su mujer todo ese tiempo. «Usted no está enamorado de ella, mijito, y Carmen se merece un hombre enamorado». Yo traté de escaparme de esa acusación, diciendo que éramos jóvenes, que entre los de nuestra generación estos viajes se entendían de manera diferente, que cuando nos casáramos estaríamos juntos el resto de la vida. En las calles de Ámsterdam y de Niza, a escondidas de mi amigo, incursioné en porno shops, envuelto en una excitación violenta que, cuando me libraba de ella, daba paso al terror de no poder controlar quién era yo. Al verla esperándome a la salida de la aduana del aeropuerto, me sentí seguro, cobijado, fuera de peligro. Con ella podría salvarme. Le pedí a mi madre que me diera los diamantes de la abuela que me correspondían, tal como se los había dado a mis hermanos cuando encargaron los anillos de compromiso de sus futuras esposas. En vez de alegrarse, mi madre dijo que ya veríamos. Y luego insistió: «¿Usted está seguro de que está enamorado de esa niñita?». Por mucho énfasis que le di a mi respuesta, no pude aliviar la contracción de su rostro oscuro. Un mes después, Carmen y yo tuvimos una pelea más seria. Detrás del enojo se escondía el dilema de establecer de una vez por todas qué iba a ser de nuestras vidas. Ese año 86 apareció en el horizonte la posibilidad de que yo me fuera a estudiar un máster a Estados Unidos y el plan requería definiciones. Pero yo no fui capaz de definirme, abrazando en secreto esa prórroga que me ofrecía la vida. Al final de ese año habíamos terminado definitivamente.

Pocos días antes de partir a Estados Unidos, me llamó para pedirme que habláramos. Me porté como un cínico diciendo que entre nosotros estaba todo aclarado. Carmen insistió mientras yo buscaba una escapatoria. No quería rendir cuentas o poner en peligro el orden que había logrado para lo que estaba por venir. Le propuse que fuéramos a ver una película. No recuerdo cuál vimos. Qué estupidez ir al cine en medio de un trance así. Fuimos a la vermú, en una de las salas de Los Cobres de Vitacura. A la salida, me exigió que fuéramos a mi casa. Nada de ir a dejarla a la suya o de ir a comer a algún restorán. Era un lugar que estaba fuera de nuestras costumbres, porque la madre de Carmen le tenía prohibido quedarse sola conmigo. Podía ir a una fiesta familiar, pero el pololeo solo tendría lugar donde ella pudiera vernos. Tampoco estaba permitido que nos quedáramos solos en la casa de nadie más. Nuestra única privacidad se daba en el auto o en el sofá del escritorio. Nos fuimos a la salita de estar, con su luz acogedora y sus estanterías de libros. Mis papás estaban en su pieza y seguramente pensarían que había llegado solo. Apenas nos sentamos en ese sofá de cuerina de cuatro cuerpos, donde nos instalábamos a ver la televisión en familia, comenzó a besarme con una agresividad que le desconocía. Al poco rato, teníamos los dos los pantalones abajo, ella recostada de espaldas y yo encima. Sentí que era mi obligación penetrarla. En lo profundo pensaba que se lo debía, que en todos esos años se lo había negado a punta de triquiñuelas. Le bajé los calzones, la besé con pasión entre las piernas y me dispuse a entrar. Ya no brotaban de su boca esos débiles «no» de cuando pololeábamos. Tenía los ojos cerrados y la mandíbula tensa. Mantuvo las piernas rígidas y el gesto de enfado en la boca. No entendí a qué venía aquella resistencia a lo que tanto deseaba. Pensé que quería quedarse con una parte de mí, encontrar una forma de permanecer atados durante esos dos años en que no estaría, fraguar una esperanza, o incluso comprometerme de algún modo. Sería su rehén mediante una nueva deuda adquirida. Pero ella resistió con una concentración que no olvido y llegado un momento, dijo: «No», con firmeza, con madurez, con dolor, diría yo. Se había salvado de mi perverso deseo de agradarla, en medio de la histeria de mi huida.

No hablamos en el auto cuando fui a dejarla a su casa. Ambos sabíamos que había ocurrido un quiebre definitivo. Ya no había juego posible. Hasta hoy le agradezco su entereza. Le habría regalado su cuidada virginidad a un impostor, podría haber quedado embarazada, pudo haber apelado a mi acendrado sentido católico de responsabilidad y presionarme para que nos casáramos y nos fuéramos juntos.

En ese sofá quedó tendido, desconcertado y exánime uno de los hombres que no fui.

Andrés

Entramos al salón principal. Recordé la dificultad que tuvimos con Alberto para habitar ese lugar inabarcable. Preferimos dejarlo lo más limpio posible, para abrir la vista hacia la terraza repleta de plantas. Si bien Alberto siempre lo imaginó como un salón de baile, ese día de octubre apenas se podía caminar entre sitiales, sofás, mesas de apoyo, cómodas, otomanas, armarios y secreteres. En las paredes pintadas de color menta colgaban cuadros decimonónicos que respondían al gusto tradicional de la clase alta chilena: un retrato hecho por Monvoisin, una marina de Somerscales, una cordillera de Onofre Jarpa, dos paisajes bucólicos de pintores europeos. No había ningún cuadro impresionista, ni menos un desnudo. Carmen se había encontrado con una amiga y conversaban en una esquina con tal animación que prevenía a cualquiera de acercarse. Para evitar la mirada de la docena de personas que se movían con especial lentitud entre los muebles, yo había puesto la vista en las alfombras que cubrían el piso de parqué casi por completo. Siempre las había considerado como una fuente de cobijo, pero ese día me parecieron polvorientas y descoloridas.

—Hola, quiubo, ¿cómo te va?

La voz me sonó gangosa y al mismo tiempo microfónica. Quien me había saludado era Andrés Urrejola, un hombre que a sus más de sesenta años no terminaba de salir del clóset. Sobre el pantalón perfectamente planchado y los zapatos en punta, llevaba puestos una camisa celeste cremoso, *gilet*, chaqueta, abrigo marengo en espina de pescado, pañuelo de seda al cuello e incluso un alfiler de platino clavado en la solapa, coronado con la cabeza de un guepardo con ojos de ónix negro. Nos habíamos conocido treinta años atrás, cuando yo empezaba a salir con Alberto. Urrejola era de esos gays que, a pesar de estar escondidos detrás de una cortina, se daban maña para enterarse de todo lo que pasaba en el salón abierto. Tan pronto como Alberto y yo aparecimos en escena, se las arregló para invitarnos a su casa y así poder desplegar su buen humor y su buen gusto. Trabajaba como gerente general en una gran empresa de envases de vidrio, propiedad de una familia conservadora, y si bien ya nadie lo incordiaba porque fuera soltero, estaba seguro de que si hacía pública su orientación sexual perdería el cargo y la posibilidad de aspirar a cualquier puesto semejante.

Lo que me llamó la atención de él fue su certera sensibilidad para juzgar a la gente. Presentía de qué principios estaban formados al verlos moverse, vestirse y hablar. También admiré la panoplia de elementos de juicio con que enriquecía sus observaciones, siempre más cargado hacia los atributos estéticos y de comportamiento y menos interesado por el pensamiento político o la capacidad profesional. Yo sentía que hasta antes de conocerlo había juzgado a la gente con menos dimensiones de las que había disponibles, pero al mismo tiempo tenía miedo de que uno de sus juicios recayera sobre mí.

Gracias a él aprendí lo que sé de antigüedades, iluminación, texturas, formas, colores. Tenía una especial habilidad para describir estos últimos, con combinaciones poco comunes, como «rosado durazno» o «amarillo viejo, de campo» o «celeste cremoso». Fue al primero que oí hablar del color *taupe*. Su familia había sido rica, de campo, pero durante la recesión del 82 perdieron sus tierras y lo poco que les quedaba de dinero. Por esta razón, la gerencia general en la fábrica de envases significaba para él el único hilo que podía atarlo a ese esplendor que había conocido de niño y que tanto añoraba. Su departamento en la calle Presidente Riesco tenía la suntuosidad propia de la casa de un gran diseñador de moda. En medio de la oscuridad —cruzada por las luces dirigidas a un cuadro, una escultura, un arreglo de flores o un baúl nupcial coreano, y apuntada por velas de té sobre las mesas—, ese hombre nos recibía con su sonrisa torcida, su pelo escaso, cierta lascivia mal disimulada y unos gorgoteos que se le escapaban después de lanzar cada uno de sus comentarios mordaces. Era un anfitrión dedicado y nadie podía negar que dominaba el arte del chisme y la parodia. Sabía distinguir las debilidades de cualquiera y hacía de la ridiculización una forma de espectáculo para su audiencia. Porque no éramos mucho más que eso, un grupo de jóvenes, más o menos candorosos, a los que agasajaba con el fin de tener ante quien desplegar su histrionismo y su maledicencia. Al comienzo me pareció muy divertido, y con la ayuda de la marihuana que nos proveía, más aún. Era especialmente dotado para contar anécdotas de ese mundo refinado que no me había tocado conocer hasta entonces. Era, además, un buen imitador. De mí decía cosas que complacían mi amor propio. Que era guapo «a matarse», que «qué salvaje» lo rápido que aprendía, que «qué increíble» la buena memoria que tenía para acordarme de una frase que él había dicho un mes antes. También era cariñoso. Me llamaba a diario y se interesaba en cada uno de los desafíos que debía enfrentar en esa primera etapa de mi vida independiente, desde contarle a cada miembro de mi familia que era gay, hasta buscarme un sitio para irme a vivir solo. Me ayudó a elegir el departamento y a comprar las primeras cosas para poder cambiarme con cierta comodidad. Podría decir que se había convertido en mi guía de esos primeros tiempos, mientras me abría la vista a un mundo de hombres al que deseaba pertenecer y al que calladamente temía. Solo mucho más tarde me di cuenta de que a pesar de mostrarse como un hombre abierto al interior de ese círculo, su principal norma de corte, su manera de incluir o rechazar, era la clase, que solo quedaba en segundo plano cuando se trataba de un hombre bello o una mujer especialmente elegante.

Dando un rodeo, como si no quisiera que lo asociaran con Urrejola, un hombre alto, de unos cuarenta años, se acercó a nosotros.

—¿Te acuerdas de Iván? —me preguntó Andrés sin desviar la mirada hacia él. Otra persona en la sala habría pensado que él estaba ignorando al recién llegado.

—Sí, claro que me acuerdo. Nos conocimos en Bogotá. ¿Viven juntos ahora? —dije mientras le tendía la mano.

—¡Cómo se te ocurre! —bufó Andrés—. Ni allá ni acá vivimos juntos. Iván tiene su propio departamento.

Ese hombre de buena planta y rasgos atractivos, que había sido por muchos años un apéndice en su vida, sin un sitio claro, sin mayor pertenencia, lo había acompañado a abrir la filial de la empresa en Colombia. En Bogotá los vi más unidos, sin esa tensión superficial que presentí en la manera de estar juntos ese día. Andrés mismo me había dicho alguna vez que presentar a Iván, que venía de Concepción, que tenía la piel morena y el pelo indócil, por muy ingeniero eléctrico que fuera, no le resultaba nada fácil.

Los amores de Urrejola tenían esta cualidad de ser difíciles, y no solo por su miedo a delatarse. De joven estuvo durante años enamorado de un tipo que jugaba con él, un hombre casado que aparecía cuando le daba la gana. Era mimado, un efebo que se había hecho adulto y que había conservado la mirada soñadora del niño mientras su cuerpo se hacía fuerte y armónico. Había venido de Argentina. Su madre se casó en segundas nupcias con un santiaguino rico e influyente. El tipo se paseaba por la playa de Zapallar con unos shorts de baño cortísimos, sabiendo que escandalizaba y excitaba a la mayoría de los hombres y las mujeres tendidos en la arena. Cuando Urrejola se enamoró de él, el argentino todavía estaba soltero, pero dejó esperando un hijo a la niñera de la casa donde vivía y decidió casarse con ella. Andrés no pudo soportarlo, horrorizado porque el hombre de su vida se le escapaba y en manos de una empleada. Más de una vez perdió la compostura y le hizo toda clase de escenas de celos, persecuciones, incluso llegó a amedrentar a la mujer con llamadas telefónicas insultantes. Nadie sacó al argentino de su determinación, y de ahí en adelante Andrés tuvo que contentarse con el papel de amante ocasional. Todo esto me lo contó una noche, cuando estábamos los dos solos, un poco borrachos, y se permitió esa nota melancólica que no le conocía. Una sola vez me tocó conocer al argentino, en una fiesta, y alguna compasión sentí por Urrejola. Tenía esa clase de belleza de ojos grandes y crespos dorados que proliferaba en las películas sobre la antigua Roma, solo le faltaba un poco de estatura y la faldita de cuero para dar con el personaje. Esa noche me coqueteó con todo propósito y cuando le dije que se fuera conmigo, se rio en mi cara y se quedó en la fiesta.

—¿Hay algo que les guste especialmente? —pregunté.

—A ti no se te ha visto más —dijo Andrés dando un giro estudiado en torno a mí, manteniendo la misma distancia, pero tomando otro ángulo—. Dicen que estás solo como un dedo.

No me miró a los ojos cuando me soltó esa frase insidiosa, e Iván desvió la vista, perceptiblemente incómodo.

—Yo habría pensado que, de los dos, el más solo eras tú.

—No, para nada, sigo teniendo los mismos amigos. Y si me dices que no estás solo, es porque cambiaste de amistades. A mí me cargan los cambios.

—¡No me cabe duda! —exclamé abriendo los brazos y soltando una risotada.

Jamás había nadie a su alrededor que fuera demasiado diferente. Y si llegaba a darse el caso, tenía que obedecerle en todo. Miré de reojo a Iván y me dolió que mi pensamiento en parte aludiera a él.

—Me gustan la colección de cloisonné —dijo Andrés sin inmutarse por mi burla—, la de opalinas que está en el segundo piso y los muebles de asiento. Pasé horas sentado en ese sofá reina Ana conversando con Talo. Me lo voy a llevar al precio que sea.

No era raro que se hubieran hecho amigos Talo y él. Los dos más o menos encerrados en sus clósets, esnobs, conservadores, adornados con todo aquello que les permitiera tener algún tipo de poder social, un lugar ganado a punta de objetos y no de sí mismos.

Se me vino a la memoria una noche en que Alberto y yo estábamos en la casa de Urrejola. Él se paseaba entre la cocina y el living, trayendo más hielo y cambiando las copas sucias. Cada vez que fumaba marihuana se ponía inquieto y le gustaba hablar de pie, como un comediante. Yo me había sentado en una vieja cama cuja de ratán, convertida en sofá, con tapicería de terciopelo color «caqui pasado», frente a un cuadro abstracto en tonos oro, «amaranto» y negro, iluminado con teatralidad. En uno de sus regresos de la cocina, trajo consigo una revista que había salido ese día, en cuya portada venía mi querida amiga Yael, a propósito de la publicación de su primera novela.

—¿Qué les pareció? —preguntó subiendo la mirada y tragando aire. Estábamos Alberto, un amigo de Andrés muy bien vestido y sin opinión, y yo.

—Buena entrevista. Yo leí el libro y me gustó mucho.

—¿De verdad te gustó? Yo encuentro que no se puede ser más siútica.

—No le veo lo siútica —dije poniéndome serio.

—Pero si es cosa de mirarla. Al menos podría haberse planchado ese pelo de alambre que tienen las judías. Y fíjense en esa sonrisa falsa. Nooo... ¡Y las cosas que dice! En la literatura encontré mi hogar —leyó de la revista—. No, no se puede decir algo así, menos si apenas has escrito un libro. Y decir hogar —y luego gritó—: ¡Hogar!

—No entiendo qué tiene de malo decir algo así. Yo también encontré mi hogar en la literatura.

—Ten cuidado con las malas juntas. ¡Hogar! —volvió a gritar.

Quedé mudo, asustado, con esa sensación paranoica que a veces despierta la marihuana. Que la criticara a ella con esa violencia era como si estuviera criticándome a mí. Sabía que nos habíamos hecho íntimos amigos en el taller literario. Después siguió leyendo partes de la entrevista, todavía de pie, gesticulando, remedándola, condenándola por la supuesta cursilería de sus frases, mientras les arrancaba risas a Alberto y al otro.

Esa noche llegué alterado al departamento. Le saqué en cara a Alberto que celebrara las burlas de Andrés. Fiel a sí mismo y a la idea de que el humor, fuera de la clase que fuera, era mejor que cualquier otra forma de inteligencia y diversión, me dijo que no lo tomara en serio. Era un show, una gran broma, para reírse nada más, que no lo había hecho para atacarme. Le discutí. No importaba si era en contra de mí o no, ese tipo de pensamiento me violentaba.

A partir de esa noche, los enjuiciamientos que en un principio me habían parecido esclarecedores, me fueron resultando cada vez más arbitrarios y perdí esa óptica que da la amistad para ver una versión aventajada del otro. Privado del misterio deliberadamente buscado por él, el hombre con tantas historias que contar y distinciones de gusto que realizar se convirtió para mí en un tipo gestero que no podía decir nada sin una torcedura de labios o un encogimiento de su frente. Cuando me separé de Alberto, no volví a ver a Andrés sino por casualidad, en algún cumpleaños o reunión social. Nos saludábamos con cariño, pero yo era incapaz de más.

Mucho antes de la separación, hicimos una fiesta en este departamento a modo de estreno, a la que él asistió con sus acólitos. Le disgustaba llegar a un sitio lleno de gente sin su tropa, hombres y mujeres que jugaban a que la ausencia de parejas del otro sexo se debía a que eran mundanos y no querían verse atrapados en un matrimonio trivial: una mujer alta y rubia, con un pañuelo al cuello y tenida de amazona; un tipo rubicundo de traje a rayas y pañuelo exagerado en el bolsillo de la chaqueta; otra mujer delgada al extremo, con una boca sonriente que amenazaba con salirse del óvalo de la cara, entre varios más. Jugaban en grupo, bailaban entre ellos, se escondían en la masa y se protegían del resto a punta de ironías corrosivas. Invitamos a doscientas personas esa noche. Por primera vez confluyeron en un solo lugar parte de mi familia y la familia de Alberto, amigos nuevos y amigos antiguos de nuestros mundos conservadores. En medio de esa fiesta fue que la mujer del chal de lana tiró abajo el arreglo de ramas de espino. Entre escandalizada y divertida, una de mis hermanas se acercó a decirme con los ojos estallados que había visto a Luigi, famoso peluquero y decorador de la época, personaje controvertido para los pudibundos, besándose con «¡un pendejo!» en la escalera.

En otro momento, descubrí a un tipo que no conocía subido a una silla, meando desde la ventana de un dormitorio del segundo piso hacia la calle. No se disculpó cuando le llamé la atención, sino que mientras se cerraba los pantalones protestó porque los baños llevaban mucho rato ocupados. Hubo gente que llegó sin estar invitada y muchos se fueron pasadas las cinco de la mañana. La pista de baile estuvo llena toda la noche y el cruce de mundos permitió que cada uno se fuera con una historia que contar. Alberto no daba más de felicidad. Yo me sentí orgulloso y liberado de muchos lastres. Era la celebración del fin de nuestro ostracismo como pareja. Ya no habría misterios para nadie. Éramos novios, vivíamos juntos y estaban todos invitados a participar de nuestra vida. Andrés la llamó la mejor fiesta de los últimos veinte años, fantástica, a la altura de las fiestas que hacía Luigi, cuando la Marta Montt se colgaba cabeza abajo de la baranda del segundo piso de la casa del Arrayán.

En medio de ese lugar recargado de antigüedades, cada una con un cartelito anunciando el número del lote al que pertenecía, me pareció que la gente de ese tiempo, con sus pomposas vanidades y su abundante frivolidad, se habían vuelto también muebles, cuadros u objetos de decoración.

Así también Andrés entendía a sus amistades: las coleccionaba, formaban parte de su presentación ante el mundo, una forma de poder, un sistema de defensa, misantropía y encierro. El pobre Urrejola no se había dado cuenta de que él mismo se había vuelto un trasto viejo, lleno de crujidos, incapaz del menor desplazamiento. Ni el mejor barniz le habría devuelto la vitalidad. Aunque no cabía duda de que le gustaba ese papel: ser un viejo armatoste, lleno de ropa, que odiaba el presente y el futuro, orgulloso testigo de un tiempo pasado de mayor esplendor.

Cristóbal

Salí a la terraza. Ya no cuidaban las plantas como cuando estábamos nosotros. Algunas de las que yo había elegido habían sido reemplazadas por mirtos y bojs, podados como bolas. La compulsión de decorar también se notaba en el deseo de convertir cada planta en un objeto. En una esquina crecían dos helechos arbóreos incongruentes con el resto de la vegetación. Estaban ahí por su exotismo escultural, como ese par de figuras de moros que daban la bienvenida a quienes entraban al living. En el otro rincón, seguía en pie un murete de bloques de vidrio que construimos para proteger la terraza del viento y, según Alberto, asolearnos desnudos sin ser espiados por los vecinos, cosa que nunca hicimos. Me asomé a la esquina de los helechos para mirar hacia la calle. A esa hora del inicio de la tarde, el tráfico del cruce de Merced y Santa Lucía retumbaba contra los edificios. Me sorprendió ver el paradero repleto de gente impaciente, asomando una y otra vez sus cabezas hacia el fondo de la calle, a la espera de una micro que ya debería haber pasado. Desde lejos, llegaban gritos de consignas, seguramente habría una manifestación en la Alameda. Más allá, en José Miguel de la Barra, el caminar nervioso de quienes recorrían las veredas contrastaba con la languidez de los oficinistas que colmaban las terrazas durante la hora del almuerzo, hombres y mujeres indolentes ante la crispación que se percibía alrededor. Con la misma indiferencia surcaba el tiempo ese edificio con forma de barco, acogiendo en su seno una subasta que se empeñaba en seguir costumbres cristalizadas hacía cientos de años, sin que los signos de la época ni el rumor de las calles pudieran alterarlas.

Miré hacia arriba para observar la terraza del departamento 9A. Me habría gustado ver a Cristóbal asomarse, como lo hacía cuando yo regaba las plantas. Si hubiera sido verano, seguro que habría andado solo en bóxers. No llegué a averiguar si tenía ese trato con la desnudez por ganas de mostrar su cuerpo bien formado o porque fue criado en una familia sin inhibiciones. A diferencia de mí, no era un hombre constreñido por formas ni pudores arrastrados. Hacía lo que quería y decía lo que pensaba. Lo admiraba por eso. Y yo me deleitaba mirando su pecho ancho, lleno de pelos castaños, mientras buscaba un pretexto para despertar su risa ametrallada. Lo conocí en el ascensor, una caja forrada por dentro en chapa de madera, con espejos a la altura de la cabeza. Cuando me subí y lo encontré dentro, lo espié a través de las reflexiones. Él, en cambio, me miraba directamente y sonreía con esa boca que tendía a mantener abierta, desdibujada, que se salvaba de la fealdad gracias a sus labios llenos y unos dientes blancos bien alineados. Yo veía a través del espejo que él seguía mirándome sin disimulo, así que giré la cabeza, un tanto cohibido, un tanto anhelante, y lo saludé. Se presentó como nuestro «vecino de arriba», y luego dijo que quería conocer nuestro departamento. Le habían contado que tenía dos pisos y una buhardilla, la cual debía lindar con su casa. Mirando aún hacia la que fue su terraza, me agobió pensar que hacía veinte años que no sabía nada de él. Si lo hubiera visto aparecer ese día, el puro gusto me habría aliviado de las aprensiones que no me abandonaban. Sus ojos verdes cristalinos y su trato llano me sacaban de cualquier encierro. En el ascensor lo invité a que pasara a vernos al día siguiente en la tarde, sin consultarle a Alberto, porque sabía que él tendría tanta curiosidad como yo por conocerlo. Se lo había cruzado una vez en la calle y también había tenido la impresión de que lo había mirado con insistencia. Nos sorprendió que llegara en shorts, polera y sandalias. Hacía calor, pero nosotros nos habíamos vestido como para una fiesta. Le ofrecí algo de tomar. Me pidió un whisky con harto hielo y con Alberto nos sentimos un par de amanerados tomando champán de nuestras copas aflautadas. Recorrimos el departamento, se rio del grado de preciosismo al que habíamos llegado con la remodelación y dijo que nunca podría invitarnos al suyo, porque lo único que había hecho había sido cambiar la alfombra. Ni siquiera tenía mesa de comedor, así que feliz se quedaba a comer lo que fuera que tuviéramos. Yo había previsto la posibilidad, así que tenía preparado un curry de pollo con arroz. Alberto había traído helado de postre. Como era fin de semana, Luisa, nuestra empleada, no estaba. Nos sentamos los tres al mueble central de la cocina, comimos, nos reímos y después fumamos de la pipa de marihuana que él había traído. Resultaba inquietante tener un hombre tan guapo con poca ropa a mi lado, sobre todo cuando sus piernas peludas estaban a punto de rozar las mías. Se fue como a las dos, después de contarnos un poco de su vida. Se había separado hacía unos meses, tenía una hija de cuatro años y trabajaba en el área de marketing de Entel. Era esa rara clase de hombre heterosexual al que le gustaba tener amigos gays, o al menos fue lo que pensamos con Alberto cuando nos fuimos a la cama, adonde nos acompañó su imagen. Tiramos con una calentura que creíamos perdida.

De repente aparecía por la casa a horas intempestivas. Decía que su trabajo era así, que cuando estaban preparando una campaña podía llegar a la una de la noche de vuelta, pero cuando ya estaba lista a veces les daban permiso para tomarse la tarde. Ese verano perdió rápido el pudor y bajaba en bóxers y sandalias. Sacaba su pipa y me pedía el whisky de rigor. Mientras hablaba, se tocaba el pecho y las piernas, no provocativamente, sino como un gesto automático, un acto de satisfacción consigo mismo.

Una tarde me preguntó sobre nuestra vida sexual. Quiso saber todo, cuántas veces a la semana, quién a quién, si nos dábamos permiso para tirar con otros. Yo no me quedé corto ni en las respuestas ni en las preguntas. Se reía de mi forma de preguntar, siempre avanzando un paso más, sin dejarle salida. Durante los primeros días luego de la separación se había reventado con el amigo que lo alojó, hicieron fiestas con mujeres cada noche, pero ahora estaba pasando por una etapa «más guardada». No quería «emputarse», quería tener la mente clara, trabajar bien, cuidar a su hija cuando venía a pasar el fin de semana con él, y esperar, ya aparecería alguien que valiera la pena.

Días más tarde volvió a tocarnos la puerta al volver de la oficina. Una mujer lo había invitado a una fiesta y se había dado cuenta de que no tenía nada que ponerse. Estaba volado y se reía de cualquier tontería. Seguro que nosotros podíamos prestarle ropa bonita, tan pinteados que andábamos siempre. Fuimos los tres al clóset, que era un cuarto entero, y ahí estuvo probándose los pantalones y las camisas de Alberto. Se vestía y se desvestía delante de nosotros y nos modelaba cada tenida, gozando del show. Hasta los zapatos le quedaban bien. ¿Cómo iba a ir él a una fiesta con los zapatos roñosos que usaba para trabajar? Ahí me di cuenta de que se parecía a Alberto. Los dos bajos, maceteados, con pieles tostadas por el sol y ojos claros. Cuando decidió cómo iría vestido, se miró al espejo y no pudo creer lo «buenmozo» que se veía. Antes de partir, nos abrazó a los dos y nos dio un beso húmedo a cada uno en la mejilla.

Esa noche Alberto y yo volvimos a tirar, y me atreví a mencionar a Cristóbal, desatando la fantasía del trío que nos rondaba.

Una tarde subió hasta mi escritorio y se burló de que yo pasara el día en esa buhardilla, teniendo tanto espacio abajo. Sugirió que jugáramos a los golpecitos en Morse o que tratáramos de oír lo que pasaba al otro lado con ayuda de un vaso.

—Yo no necesito un vaso para saber lo que pasa ahí.

—¿Ah, sí? ¿Qué te imaginas?

Pude haber elegido la risa fácil para escapar, pero sentí que con su pregunta me estaba provocando y acepté el desafío de esa honestidad a toda prueba de la que tácitamente se vanagloriaba.

—Te he imaginado masturbándote y tirando con esa mujer que te invita a fiestas.

—¿Y te calienta?

—Mucho.

Se había tumbado en el futón que estaba enfrente de mi escritorio, dejando las sandalias en el suelo. Me miraba como siempre, con los ojos brillantes y la boca a medio abrir en una sonrisa. Me levanté, fui hasta él, me senté a su lado, le puse una mano en el pecho y lo besé. Se dejó besar, no sabría decir si tenía una erección, pero sentí su boca húmeda y su respiración agitada.

—Pucha, huachito —dijo echándose hacia atrás imperceptiblemente—, no sé, puede que me gustaría, pero me caen demasiado bien los dos como para andarme cagando al uno con el otro.

—No hay nada sentimental en esto.

—No, sí sé, pero igual —dijo poniéndose de pie, y con ese solo gesto agitó mi calentura aún más. Lo tenía ante mí. Se dio cuenta de mi mirada perdida en su cuerpo y se movió hacia la puerta—. O sea, yo sé que tal vez para ustedes no sea atado, pero yo igual me voy a sentir incómodo y no quiero. Quiero poder venir y estar aquí con el mismo relajo de siempre. ¿Te da mucha lata?

—No, está bien. Pero tú igual andái tirando el anzuelo.

—¿Tú creís? Puta, no me doy cuenta. ¿Por qué? ¿Por andar así medio empelota?

—Porque nos coquetiái, nos tocái, nos dái besos medio corridos y también porque andái medio empelota.

—¿Al Alberto le gusto igual? —preguntó sorprendido, y yo recién caí en la cuenta de que había hablado en plural.

—No le he preguntado, pero me imagino que sí.

—Bueno, me voy a portar mejor, voy a bajar con polera, para no andar calentándoles la sopa —dijo y se rio gozoso.

Esa noche le conté a Alberto lo que había pasado. Se sintió aliviado. Dos días atrás, una tarde en que yo había ido al taller, él también había intentado acostarse con Cristóbal.

—Es que el hueón es muy coqueto —protestó Alberto—. Cuando empezó a decir que no, que no quería cagar nuestra relación, casi lo mandé a la chucha.

—A mí me preguntó muy sorprendido si también le gustabai.

—Se las sabe por libro. Y nos tiene a los dos babeando detrás de él.

Dos días más tarde, Cristóbal tocó el timbre cerca de la hora de la comida. Venía con polera. Como le pasaba a menudo, se había quedado con el refrigerador vacío. Después de comer nos instalamos en la terraza. Encendió su pipa, subió los pies arriba del sillón y se tomó las piernas, dejando escapar una expresión de placer.

—Puta que viven bien, los hueones. Mi terraza la tengo abandonada, cuando podría ser un bosque como este.

—Puedo acompañarte a comprar un juego de terraza de esos antiguos, con balancín —dijo Alberto—. Los venden en el galpón del Parque de los

Reyes. Se pinta, se le mandan a hacer unos bonitos cojines y listo.

—Y yo te puedo llevar a comprar plantas y maceteros.

—¿En serio, hueón? Yo feliz. Puta que son lindos conmigo. Hasta ganas de culiar con ustedes me dan —y soltó una carcajada.

—Culiemos —dijo Alberto muy serio.

—¿Los tres? —preguntó Cristóbal.

—Los tres —asentí yo.

—Yapo, me termino el whisky y subimos —dijo entrecerrando un ojo mientras aspiraba fuerte de su pipa—. ¿Quieren una piteá?

De nuevo fui hasta él, me senté a su lado, fumé de su mano y lo besé. Sentí que esta vez sí se estremecía, entregado a lo que estaba por ocurrir. Alberto, mientras tanto, nos miraba complacido.

Fuimos amantes durante dos meses. En la cama resultó ser voraz. Le interesaba meterlo, lo demás podíamos pasarlo lo más rápido posible. No fue algo de todos los días. Cualquier tarde aparecía como al principio, solo para hablar y tomar algo, escapándose de mis manos largas. Pero en otras ocasiones, quizá con un par de tragos encima, se notaba más determinado, nos besaba no más llegar y se entregaba al juego, dichoso de ser el juguete.

Dos meses después conoció a una pintora que vivía en el barrio. Siguió viniendo, pero cada vez con menos frecuencia. Hasta que una noche nos invitó a los dos a su departamento porque quería presentarnos a su polola. Aunque el lugar seguía estando tan desprovisto como cuando llegó, había comprado una mesa de comedor. Cocinó para los cuatro y ella resultó ser encantadora, con una mirada que dejaba colgar absorta en su interlocutor, debajo de unas cejas gruesas y entre unas patillas crespas que le enmarcaban el rostro. Después del postre, Cristóbal se sentó a la mesa y puso los pies sobre una silla.

—Estos son po, mis hados padrinos. Me han cuidado como hueso santo desde que me separé.

Alberto y yo nos miramos entre divertidos y desconcertados.

—Harta suerte tienes de que te hayan tocado unos vecinos así —dijo ella, y dirigiéndose a nosotros, agregó: —Yo le he dicho que también me tiene que regalonear a mí, porque no soy niñera de nadie.

De la mirada de la mujer brotaba un brillo entre pícaro y cómplice, que me hizo pensar que sabía más de lo que se estaba diciendo en esa conversación. Cristóbal soltó su risa pletórica, y su alegría se reflejó en el rostro de cada uno de nosotros.

De vuelta en la terraza, rodeado del rumor de la ciudad, deseé oír esa risa llegar desde arriba para acompañarme una vez más. Jamás he tenido ni una fracción de la libertad de Cristóbal, y eso que he hecho esfuerzos para establecer mis propias reglas. El resto, esa porción de libertad perdida, terminó por desintegrarse en las esquinas de mi pasado, en los sucesivos arrinconamientos que sufrí.

Samuel y Antonio

Entré a la habitación que en mi tiempo había sido
el comedor. Talo lo había convertido en un segundo living. Más muebles, alfombras y colecciones,
esta vez rodeados por tres biombos orientales. Con
sutiles escenas de seres humanos con animales, pintadas sin un orden reconocible en el fondo dorado
y mucho espacio entre ellas, un biombo cubría toda
una pared. Yo me sentía una de esas figuras flotan-
tes, sometidas a la intemperie, acurrucado junto a
mis seres queridos y a mis animales internos en un
rincón apartado de la humanidad. Los otros dos
eran biombos de Coromandel en madera teñida de
negro. Ante uno de ellos estaba de pie una figu-
ra que reconocí. Una fuerza de cariño y curiosidad
me impulsaba a acercarme; mientras otra, de des-
confianza y resquemor, a mantenerme alejado. La
mezcla de mundos que me estaba tocando vivir ese
día, dentro de un espacio que había sido mi hogar,

me desconcertaba. Algunas comidas con escritores me pasaron a toda velocidad por la mente. Una con Gonzalo Contreras, que había sido mi profesor de taller y que se dio cuenta de que el vino que habíamos abierto estaba picado con solo olerlo. Otra con Jorge Edwards, que vivía en el mismo edificio, al que quisimos festejar a propósito de un premio que había ganado. Cuando vio la marquesa de chocolate cubierta de cáscaras de naranja confitadas dijo que eso era cualquier cosa menos postre, que parecía más bien «una colorina loca». También la cena que tuvimos con Roberto Bolaño, cuando vino a Chile. Estuvo la mayor parte de la noche atento a su hijo Lautaro, comió poco debido a sus problemas hepáticos y solo lo vi involucrarse en la conversación cuando el mismo Contreras calificó a Stendhal como el verdadero origen del realismo contemporáneo. Mientras citaba frases textuales de *Rojo y negro* y de *La cartuja de Parma*, Bolaño defendía la idea de que ese estilo que tantos escritores de los noventa reclamaban como suyo no era el de Stendhal. El del francés era más sucio, menos apasionado por la verosimilitud, incluso más melodramático que cualquiera de los cultores del realismo en boga.

Pero entre estos recuerdos, a quien yo estaba observando sin que se diera cuenta era a un compañero de universidad que no tenía ninguna relación con la literatura. Seguía siendo el mismo, con sus crespos castaños en una cabeza grande y sus hombros caídos en un cuerpo pequeño. Había sido ministro en el primer gobierno de Piñera, director de sociedades anónimas y responsable de un fondo de inversiones norteamericano que repartía cifras enormes entre las empresas chilenas.

Al verme, se rio con esa media sonrisa suya, cargada a la derecha. Nunca terminé de descifrar si se originaba en la duda sobre si valía la pena sonreír, o en el temor de andar todo el día con la sonrisa dibujada en la cara y pasar por tonto. Me habló como si la nuestra fuera una amistad cotidiana, sin grandes interrupciones a lo largo de los años.

—Este hueón era un maestro para comprar. Mira este biombo, es fabuloso.

—Me gusta más el dorado del fondo.

—Sí, pero es demasiado grande y las restauraciones se le notan mucho. Mejor este, es el Coromandel por antonomasia, con las figuras hechas con piedras duras. La Susana quiere que lo compre para el comedor de nuestra casa.

Había tantas casas de ricos con biombos de Coromandel colgados en la pared del comedor que la idea me resultó desagradablemente convencional.

Y esas piedras duras me sonaron a conservadores pertinaces dispuestos a hacer lo que sea con tal de mantener el orden que les acomoda. Quisieran hacer de la sociedad un ente inconmovible en el cual ellos no tuvieran jamás problemas para ubicarse. Él era parte de ese mundo. Había hecho lo que un hombre de su clase debía hacer: ir a un colegio Opus Dei, estudiar ingeniería en la Universidad Católica, hacer un máster en la Universidad de Chicago, trabajar en la banca, apoyar a los partidos que cautelan el orden que dejó la dictadura y convertirse en ministro de Piñera, presidente al que le gustan como asesores los buenos alumnos con posgrados en universidades de Estados Unidos. Yo no podía evitar compararme con él. Había ido a un colegio de curas, estudié en la misma universidad, fui el mejor alumno de la generación, hice un máster aquí en Chile y otro en Stanford. En esa comparación no dejaba de preguntarme qué forma habría adquirido mi vida de haber sido heterosexual. ¿Habría sido un hombre conservador como la mayoría de mis compañeros de universidad y mis hermanos? Lo creía difícil. Voté por el No en el plebiscito del ochenta, cuando aún no tenía conciencia política de mi homosexualidad. Me decían Guillermo Novori, de manera peyorativa, alterando mi Sivori de origen. De haber respetado las reglas, sin duda habría ascendido más rápido en mi trabajo como ingeniero y también habría entrado en el radar de la política. Pero cuando salí del clóset, todas esas formas de poder me fueron vedadas. Adquirí otras, como la seguridad para decir lo que pienso. O ganarme una tribuna para hacerlo. O saber que soy el único responsable de mis palabras y que no tengo que responder por los intereses ni las barrabasadas de nadie más. Quedé fuera de las logias del mando tradicional, fuera de los círculos del dinero, fuera de esa suerte de masonería que en sus cónclaves juega a las cartas del poder. Mi amigo se había vuelto un hombre poderoso y rico, y en cada detalle honraba su pertenencia a esa red de relaciones.

—¿Y esta era tu casa?

—Mía y de Alberto.

—Medio buque para dos personas. Bonito, pero yo no viviría jamás en el centro. Mucho ruido, mucho esmog, y toda esa gente en la calle.

—¿Y a qué estás dedicado?

—Participo en directorios, a veces hago alguna asesoría y administro mi plata. Ya me saqué la chucha trabajando, ahora me toca disfrutar. ¿Sigues escribiendo?

—Sí.

—Yo solo te leo en el diario. ¡Cómo se te nota lo zurdo!

—¿Y qué querías?

—No tenías por qué serlo.

—A lo menos sería contradictorio.

—Pero ves cómo han cambiado las cosas. Bueno, en parte gracias a ti. Ahora en el Opus hay varios cabros gays y son aceptados.

—Por favor, Samuel... —dije abriendo las manos para apelar a una mejor voluntad de su parte.

—Prefiero a esos cabros obedientes —dijo con enojo— que a estos pendejos de mierda que se saltan y rompen los torniquetes del metro. Estos hueones no han ido nunca una semana seguida al colegio. Nosotros sí que tuvimos que esforzarnos. Hicimos de este país lo que es hoy.

Al terminar su perorata, desplegó sus grandes dientes, como un intento de que lo eximiera de culpa por su ardor político y para renovar la complicidad que antaño tuvimos.

Recordé cuando me vio conversando con un compañero en el pasillo de las salas A del campus San Joaquín. Estudiaba la misma carrera que nosotros, solo que en otra sección. Más tarde, cuando volvíamos en mi auto a nuestras casas en Vitacura, Samuel me preguntó: «¿De qué hablabas con ese negro?».

La última ocasión en que habíamos estado juntos fue durante un verano, tres años antes. Me llamó con insistencia para invitarme a comer a su casa de Zapallar, como si de pronto se hubiera sentido culpable de haber dejado de hablarme durante treinta años. Yo no quería interrumpir mi rutina de escritura, pero insistió en que teníamos que vernos, que hacía tanto tiempo que no pasábamos un rato juntos, que cómo era posible que no conociera su casa. No entendí a qué venía tanta urgencia. ¿Sería su manera de pedirme perdón? ¿De imaginarse a sí mismo como alguien abierto de mente? Me preguntó por fechas posibles; quería asegurarse de que también fuera mi hermano Antonio. Su presencia serviría, seguramente, de ligazón, una forma de disminuir la distancia que el tiempo había abierto entre Samuel y yo.

Mi hermano y yo teníamos una relación cordial, pero distante. Nos queríamos a pesar de todo. De niños habíamos sido cercanos, teníamos solo once meses de diferencia. Yo era el aplicado y él, el deportista. Antonio se desarrolló muy joven y tuvo muchas novias a lo largo de la adolescencia, mientras que yo seguí siendo un grandulón imberbe de mirada santurrona hasta los dieciocho. Solíamos encontrarnos durante los recreos en el patio del colegio. Me protegía de los matones. Era popular y por lo general estaba rodeado de amigos. Como era más bajo que yo, me tomaba por el cuello y me obligaba a inclinarme hasta que nuestras cabezas estuvieran al mismo nivel. Me revolvía el pelo y les decía que no se engañaran, que solo tenía la cara de ganso. A partir de cierto punto, se había hecho cargo de la fábrica familiar donde me negaron la posibilidad de trabajar por ser gay. Al volver de Estados Unidos, quien estaba a la cabeza era mi otro hermano, el mayor. Su argumento fue que proveedores y clientes importantes podían molestarse. Cuando mi madre y Antonio se resignaron a su decisión, me quedé sin corte a la que apelar. A partir de ese momento, a causa de una serie de incidentes ocasionados por la incapacidad de Antonio de lidiar con mi vida tal cual era, nos fuimos apartando sin remedio. Nos veíamos dos veces al año, a lo más tres: para Navidad y alguna celebración. Con esa frecuencia lográbamos mantener la concordia.

La casa de Samuel en Zapallar era una mole, una muestra de poder y una forma de ostentación. Se hallaba en una zona conocida como Mar Bravo. Ya al momento de entrar estaba erizado por dentro.

Nos sentamos en una terraza de conchuela que había junto al comedor, con el mar rompiendo en las rocas. Aspiré el aire marino para darme tranquilidad. El olor salitroso me picó en la nariz. La señora de mi compañero se sentía orgullosa de la casa y me contó una serie de detalles de su construcción. En eso llegó Antonio, sin su mujer. Ella debía partir temprano a Santiago a la mañana siguiente. Me extrañó la actitud de mi hermano. Saludó a nuestro amigo común con un abrazo más aparatoso de lo que era su costumbre, de esos que terminan en tres o cuatro palmotazos en la espalda; sus ojos oscuros estaban achinados y brillosos; su boca fina, algo amoratada. Se veía más joven que yo. No tenía canas en el pelo moreno y el sol que había recibido en sus partidas de golf lo hacía ver vigoroso y lozano. Seguramente a su lado yo ofrecía una versión fantasmal del aire de familia. Fue simpático al saludarme, pero su canchero «¿cómo estamos?» me pareció ajeno, diferente a su tradicional «¿cómo estái, hermanito?», dicho con voz casi infantil, la fórmula con que nos saludábamos desde niños. Durante un buen rato habló de un almuerzo que había tenido esa tarde con un tipo que vendía propiedades. En el vino que habían tomado estaba la razón de su locuacidad, remarcada por el gesto de sacarse el pelo de la frente una y otra vez. El reporte de cuanto habían conversado no hacía más que provocarme un encogimiento interior, unas ganas de arrancar de ahí. Me había repetido que debía mostrarme amable, sensato y satisfecho de la vida, sin embargo, en mi fuero interno se agitaba una inquietud agresiva, que se parecía al miedo y amenazaba con desbordarme. Hice esfuerzos para que la noche avanzara por derroteros pacíficos, como los recuerdos que conservábamos de nuestra juventud, o pidiendo noticias de los demás compañeros. Me sorprendió que Antonio mantuviera una amistad estrecha con todos ellos, o bien por negocios, o por el golf, o por el colegio de sus hijos, o por el lugar donde vivían o iban de vacaciones. El hecho de que entrara en vereda al casarse con una mujer de ese mundo, y adquiriera muchas de sus costumbres conservadoras, ayudó a cumplir las expectativas de ese bien articulado conjunto de relaciones.

En una suerte de revelación, comprendí que había tomado el lugar que me habría correspondido de haber acatado los requisitos, o de haber fingido cumplirlos. Y la razón radicaba, en gran parte, en que era heterosexual. Veía a mi hermano gesticular con el desembarazo propio de quien se siente a sus anchas. No había a quién culpar, porque no fue responsabilidad de nadie en concreto. Cuando salí del clóset me alejé de mis compañeros y ellos de mí. Se había producido un cisma respecto de aquello que debía unirnos en el futuro. La homosexualidad entre ellos no tenía la menor cabida. Era una desviación y un peligro. Mientras tanto, quizás en busca de nuevas amistades, o bien por su carácter afable y su comunión de intereses, Antonio se había acercado a ese grupo hasta terminar perteneciendo a él. No me molestó habérselo legado, pero al mismo tiempo sentía que había un giro extraño de la vida en todo aquello. Cuando estábamos en la universidad, mis amigos lo consideraban un tipo raro, con un carácter irascible e indisciplinado, malo para los estudios, con ese gusto por andar con mujeres que estaban más allá de ese estrecho cerco social. Ahora que lo pienso, Samuel me había dicho una vez con todas sus letras que Antonio era simpático, pero que no tenía nada que ver con ese nosotros en que se había convertido nuestro grupo de estudio. Con el tiempo, el que pasó a ser el raro, el que no tenía nada que ver, fui yo. No era una clase de vida que hubiese querido para mí, pero al mismo tiempo resultaba inevitable la sospecha de una suplantación, de la cual mis amigos de juventud habían participado con la mejor de sus voluntades.

La revelación se intensificó cuando oí que a la mañana siguiente jugaría golf con dos de mis antiguos compañeros y que después almorzaría en la casa de uno de ellos. A cada comentario que yo hacía sobre la personalidad de tal o cual, él agregaba una precisión, un matiz que dejara claro que llevaba conociéndolo mucho más tiempo que yo.

Pasamos a comer y sirvieron más vino. Ese era otro tema en común que los apasionaba y, al parecer, competían por quién ofrecía el mejor en su casa. Samuel mantenía su media sonrisa incluso mientras comía. Mi hermano se había abalanzado sobre la carne y no prestaba mayor atención a lo que hablábamos. Tuve la mala idea de quejarme de Trump. Dije que me parecía un monstruo y un payaso, y que me avergonzaría tener a un presidente así de ridículo y mentiroso en nuestro país. Hacía poco había echado al fiscal general porque no había intervenido a su favor en la investigación de la trama rusa. Antonio levantó la vista de su plato para alabar con expresión seria la manera en que llevaba la economía, y mi compañero acotó que ningún presidente gringo había manejado mejor el conflicto con Corea del Norte. En ese momento mi hermano le dijo a Samuel en una especie de aparte, como si yo no estuviera presente:

—Tú sabís que tiene unas opiniones bien excéntricas, no hay que tomárselas muy en serio.

Y Samuel se rio fuerte, mostrando que su lealtad estaba con Antonio.

—Para mí, lo que ustedes dicen de Trump no es solo excéntrico sino delirante.

—Nuestros amigos —Antonio seguía hablándole al dueño de casa por lo bajo, mientras la mujer de Samuel se ponía de pie para ofrecernos más carne, seguramente molesta por la tensión que había crecido entre nosotros— me dicen que Guillermo se ha quedado solo, que debería integrarlo más, pero no es fácil.

El blanco del mantel me hirió los ojos, y platos y copas y fuentes y tenedores y cuchillos me parecieron un repugnante reguero de desperdicios.

—No hay nada más patético que pensar que tu pequeño mundo es todo el mundo —dije conteniendo la rabia.

—Oye, ya, no discutan —intervino Samuel—, si al final han sido buenos hermanos. Dejémoslo así, tomémonos otra botella. ¿Con qué hándicap estái? —le preguntó a Antonio—. Tenemos que jugar.

Me mantuve atento a la reacción de mi hermano, porque estaba seguro de que no le resultaría fácil encajar el golpe. Es un hombre orgulloso y no digamos que pacífico. Tenía la vista movediza y le dio un insólito pellizco al pedazo de carne que había dejado en el plato. O bien podía pararse e irse, o bien podía abalanzarse sobre mí para golpearme. Pero salió de su ofuscación, levantó la cabeza y dijo mirando a Samuel:

—Pucha que está bueno este vino. Ya, te acepto el desafío.

He llegado a pensar que su reacción se debió a que él juzgó que se había quedado del lado bueno de la historia y no valía la pena dar una pelea ya ganada. Yo también me he creído el ganador de esa trama de envidias que viene gestándose desde la niñez. Pero debo admitir que ese desposeimiento que sufrí aún duele, como si me hubieran degradado vergonzosamente en presencia del estricto regimiento al que alguna vez pertenecí.

Luz y Gonzalo

La escalera de raulí, que tanto me gustó la primera vez, fue soltando sus crujidos familiares a medida que subía. Un hombre al que creí reconocer bajaba rápidamente en ese momento. Ante mi saludo, hizo una leve inclinación de cabeza, sin cambiar el rostro, como si me respondiera por simple cortesía. Tenía la expresión y el vestir de un ejecutivo de banco, el pelo cortado con ese estilo uniformador de las peluquerías antiguas, la nariz noble, los ojos fríos y determinados. Antes de llegar arriba había recordado quién era: el amante de Talo, al que sus amigos llamaban «el dentista». No habría tenido nada de particular si no hubiera sido un hombre casado hacía veinte años con una mujer y padre de dos hijos. Lo había visto solo una vez, cuando acompañó a Talo a ver el departamento luego de que lo comprara. Su trato indiferente ya me había molestado entonces. Daba la impresión de que consideraba que la vida le debía aquellos impensados privilegios. Fue Alberto el que me contó de esa relación que ya duraba casi los mismos veinte años que el matrimonio del dentista. Talo trataba a los hijos de su amante como si fueran sus nietos y a la mujer, como a una nuera, y financiaba buena parte de la desahogada vida de la familia. El hecho era que ese dentista altivo y displicente heredaría gran parte de la fortuna, con excepción de algunos «regalos» que Talo les había dejado a sus amigos. Me hizo pensar en todas las formas de disimulo a las que tuvieron que recurrir tantos hombres a lo largo de sus vidas, con el fin de no perder el lugar que su familia les había heredado o el que a punta de esfuerzos habían llegado a ocupar: me acordé de Urrejola y su disfraz de esnob implacable; de la historia de ese hombre culto y capaz, embajador en algún tiempo, que tuvo que adoptar a su joven amante para que su convivencia no se convirtiera en un escándalo social; del caso de un vecino que vivía en el 6B de ese edificio y que presentaba a su pareja como «el mozo», sintiendo yo la incomodidad de ser servido por él, cuando debía estar sentado a la mesa con nosotros. Hombres viviendo su amor a escondidas para no terminar señalados como parias. La verdad llevaba a la deshonra ante la vista de los demás, la mentira, a la deshonra ante sí mismos. No obstante, el dentista no proyectaba ni una pizca de esa vergüenza, sino al contrario. Vivía su doble vida como una forma de superioridad.

Habría esperado que en el dormitorio principal hubiera algo más de espacio, pero volví a encontrarme con ese atiborramiento de muebles y objetos. A causa de una progresiva invalidez, Talo pasó los últimos diez años de su vida prácticamente sin moverse de esa habitación. Llevado por el amor a sus colecciones, quizá había mandado a traer aquellas que sus ojos más extrañaban. En una mesa circular ubicada en el centro se desplegaba la colección de opalinas verdes y sobre una cómoda bombé contra la pared, la de opalinas azules. Todas tenían la función de ser recipientes. Respondían a arquetipos femeninos, bailarinas orientales de cinturas estrechas, mujeres victorianas embutidas en un corsé. Mujeres de cuellos largos, algunas de vientres abultados. No era un tipo de colección que hubiera visto antes en los remates a los que fui en una época.

—Oye, Guille, estas opalinas son salvaaajes —dijo la voz ronca y teatral de una mujer.

Me di la vuelta y me encontré a Luz y a su marido Gonzalo. Ella era la única que me llamaba con ese diminutivo. Tenía una gran cabellera pelirroja, ojos verdes de párpados anchos, rostro pecoso, un modo de estar y de moverse que transmitía autoridad, sin perder la franqueza del trato.

—Sí, oooye —acotó Gonzalo con el arrastre propio de su acento pituco pero nada presuntuoso—, Talo vivió enamorado de estas guarifaifas, y mira lo bonitas que se ven.

Gonzalo tendría ochenta y dos años, pero se veía de sesenta y cinco. Si no hubiera sido por la sordera del oído derecho y una cojera que le había recrudecido en el último año, nadie habría adivinado su edad. Llevaba la barba canosa bien recortada sobre la piel mate, sus ojos pícaros escudriñaban a quien tuviera al frente y sus manos gruesas hacían pensar antes en un hombre de campo que en un especialista de antigüedades. Luz se burlaba de su «viejo loco», porque era bueno para andar por la casa, para tomar sol y meterse al mar «como Dios lo echó al mundo».

—Oye, Guille, en esta casa lo pasamos a todo daaar —dijo ella alargando la última palabra en un suspiro.

Le di un abrazo y un beso a cada uno. Siempre era una alegría verlos. Los conocí gracias a Alberto. La primera vez que estuve en su casa fue con él y con Joaquín, el hermano artista del dueño de la casa de subastas. Vivían en un departamento lóbrego, ubicado en un edificio de estilo francés, con techos altos y molduras en las paredes, también pintado de verde, pero de un verde celadón oscuro, menos irritante que el que nos rodeaba en esos momentos. Si bien la mayoría de las cosas que compraban y vendían las tenían en una bodega, en su casa mantenían aquello que les gustaba especialmente. Decían que nada que estuviera ahí se hallaba a la venta, porque eran cosas «demasiado» buenas. Pero con el tiempo descubrí que era la forma que tenían para subirles el precio a esos muebles, lámparas y cuadros, cubriéndolos de un aura de maestría. En ese almuerzo supe además que Luz era una gran cocinera. A ella la rodeaba el misterio y la levedad. Hablaba de sus preparaciones como de trucos de magia que no podía revelar. Le gustaba cocinar platos chilenos y peruanos antiguos, pero uno jamás notaba el esfuerzo que le había tomado prepararlos. Ahí comí huevos chimbos, un cocido de carne que me obligó a dormir una larga siesta, unas piñas rebosadas en mantequilla y un ají de gallina suave y cremoso como nunca había probado. Decía que eran recetas heredadas de su madre, nacida a fines del siglo XIX en Tacna. Lo insólito era que a pesar de la elegancia para vivir y para comer, e incluso para expresarse, no tenían nada de estirados y les gustaba la fiesta y la risa, y después del primer pisco sour se largaban a contar anécdotas cómicas, algunas subidas de tono, como si no temieran el juicio de esa clase pudibunda y pacata a la que pertenecían por familia. Ir a su casa era un placer y yo salía cada vez con el alma esponjada por la alegría de vivir que transmitían. Mientras uno contaba una anécdota, el otro acotaba con algún reproche o comentario burlón, incluso discutían acerca de quién ofrecía la mejor versión de lo ocurrido, pero era evidente que los dos gozaban de la manera de contar del otro. Me arrepiento de no haber reunido en un libro las historias que escuché en ese comedor. Solo una de ellas fue a dar a mi primera colección de cuentos y es por lejos la historia con más humor que he escrito. Una de las cosas que admiraba de ellos era que no se celaban. Algunas anécdotas de Luz incluían a otros hombres y Gonzalo se reía de las locuras que ella era capaz de hacer. Y él, por su lado, sin nunca decirlo con todas sus letras, daba a entender que más de una aventura había tenido con hombres también. «Viejo loco», acotaba Luz, riéndose con su gritito hecho un suspiro. Una vez ella me lo dijo al oído, mientras Gonzalo contaba con picardía una anécdota que le tocó vivir con un dentista romano: «Oye, Guille, nosotros somos cómplices, ¿me cachái?, es lo único que importa». A su casa iba todo tipo de gente. Una de sus hijas tenía un pretendiente de lo más excéntrico, resultado de una familia en la que se casaban entre primos desde el centenario. También iba un camionero de Arica simpático y gozador, con el cual ellos tenían tratos que nunca me quedaron claros. Llegaban a verlos muchos hombres gays de clase alta: un iluminador elegante y frágil, un banquetero bajito, mal genio y criticón, un conocido playboy que estuvo casado con una Churchill, un diletante pícaro y vicioso que hacía cundir la herencia de sus padres para no tener que asumir responsabilidad alguna, un director de revistas de decoración con un gusto supuestamente infalible, un abogado serio y escéptico, un joven profesor de yoga que había seducido a la mitad de los hombres que pasaron por ahí, un ingeniero dulce y apesadumbrado que dejaba las frases a medio terminar, un astuto vendedor de alfombras orientales, varios embajadores, ministros consejeros y otros funcionarios diplomáticos de la CEPAL y las Naciones Unidas, un decorador que enarcaba exageradamente las cejas y que cuando alguien quería contratarlo se hacía de rogar, diciendo que tenía demasiado trabajo, lo cual todos sabíamos que no era cierto. Ahí conocí a varios anticuarios, todos vestidos de una manera en cierto punto extravagante, con el secreto fin de distinguirse del gusto común de la época.

Muchos de ellos comenzaron a morir a principios de los noventa. La mayoría no tenían a quién contarle de su enfermedad sin incurrir en el riesgo de que la noticia corriera de boca en boca y se transformara en un escándalo, ni tampoco tenían familias que los hubieran acogido luego de que les confesaran que eran homosexuales. No pocos seguían dentro de un estricto clóset. El primero en enfermar fue un antiguo funcionario del Banco Mundial. No quería morir solo en Washington, así que les pidió a Luz y a Gonzalo que lo recibieran en su casa. Eran los tiempos en que a los enfermos de sida los trataban como leprosos y nadie quería ni siquiera atenderlos en los hospitales. Luz me confesó una vez que jamás había tenido miedo. Que ella lo limpiaba y le lavaba su ropa, porque sencillamente había que hacerlo y sabía también que el virus no se pegaba por el contacto cotidiano. Gonzalo se encargaba de los trámites médicos y logró que un hermano suyo, doctor generalista, lo atendiera cada vez que fuera necesario. El final de ese primer enfermo fue especialmente duro, porque sufrió el ataque de unos hongos al cerebro y permaneció más de tres meses postrado en cama, sin conciencia. Murió pesando menos de cuarenta kilos. Al funeral fueron diez personas. Esta historia corrió entre la gente y cuando el segundo de sus amigos enfermó, les pidió que también lo cuidaran. No habría soportado depender de la familia que lo rechazó cuando joven. Todavía no había muerto cuando un tercero buscó su ayuda. Comenzaron a desesperarse, porque ya con un enfermo tenían suficiente trabajo. En ese trance, se pusieron en contacto con el padre Baldo Santi. Había abierto una casa para recibir a quienes estuvieran muriendo de sida y no encontraran un lugar en el que fueran recibidos. Así fue como establecieron una relación de cooperación con el padre, consiguiendo donaciones entre sus amigos y clientes más ricos. Ellos siguieron cuidando a sus más cercanos. El último fue Joaquín. Era un hombre libérrimo, que había dejado la casa de sus padres cuando tenía diecisiete años. No había soportado su beatería ni el bordado de reglas que le impusieron desde su niñez. Era un hombre grande y peludo, un oso en toda norma. Se fue a Nueva York a la casa de un amigo en busca de la vida. Allá se dio cuenta de que conformaba un estereotipo sexual y a las pocas semanas tenía una corte de admiradores a su alrededor. Se emparejó con un holandés, banquero, muy peludo también y bastante rico. Él le pagó sus estudios en la escuela de arte de NYU. Después vivieron en India y Singapur, hasta que Joaquín se aburrió de la vida de pareja y decidió volver a Chile. Para ese entonces sus esculturas se vendían bien, principalmente a través de una galería de Nueva York que había decidido representarlo.

Al principio Joaquín nos dijo que tenía cáncer linfático, pero con buen pronóstico. Poco a poco Luz y Gonzalo nos fueron advirtiendo de que su enfermedad no era lo que él contaba, hasta que cayó enfermo de neumonía. Al salir de la clínica, debilitado al punto de costarle caminar, ese hombrón se había convertido en un tipo frágil, de piernas y brazos escuálidos, con la voz en un hilo y la risa extinguida. Ese día se fue a vivir con Luz y Gonzalo, que lo querían como a un hijo. Pasó seis meses con ellos. Nosotros íbamos a verlo de vez en cuando y lo encontrábamos haciendo el intento de ser el hombre lleno de planes, feliz y despreocupado de antes, sin llegar a lograrlo del todo. Sus perros dormían con él en la habitación. Luz nos contó que pocas horas antes de que muriera, los tres habían fumado marihuana y se habían reído juntos por última vez. Esa había sido su despedida porque, yo tenía que saber, los funerales eran una soberana lata.

—Oye, Guille, si andái mirando pa comprar, no le digái a nadie lo que te gusta, porque andan unos sapos de la casa de subastas que después te van a subir el precio cuando lo querái rematar.

—No voy a comprar nada, vine solo a ver el departamento.

—Oooye, es una mansión —dijo Gonzalo, acompañándose con un ademán señorial de su brazo—. ¿Qué fue de ese cabro que vivía arriba? Tan simpático y tan rediablo. Bueno pal whisky. Bribonazo.

—Estuve pensando en Cristóbal hace un rato. Qué gloria de hombre era. No he sabido nada más de él.

—Qué pena —dijo Luz—. Hay gente que me gustaría seguir viendo y que desaparece sin que uno sepa dónde se fueron a meter. Oye, Guille, ¿sabís lo que deberíai comprar pa tu departamento? Esos sitiales que hay en el living. Son estupendos, te lo digo porque sé. Lejos lo que más vale la pena de este remate son los muebles de asiento. Este viejo tenía buen ojo, aunque fuera pesado.

—¿Fue pesado con ustedes?

—No, la verdad que no, pero le gustaba algo y no te dejaba tranquila hasta que no se lo vendierai al precio que él quería. Era obsesivo, ¿cachái? —dijo con su gritito, esta vez como una manera de ir terminando con la conversación—. Ya, nos vamos, tengo que llevar a este viejo al dentista, mira que si no un día le va a pegar un mordisco a la carne y se va a quedar sin boca. No al dentista de Talo, mira que ese sabe sacar otras cosas, mejores que dientes. Ay, qué rico acordarse de cuando vivían aquí. El gordo —así le decía a Alberto, por el que tenía especial predilección— gozaba tanto organizando sus fiestas y sus cuestiones.

—¿El barbeta dueño de la casa de remates les ha dicho algo de Joaquín?

—Es gente de otra época —dijo Gonzalo—, si uno les habla del asunto, se quedan mudos, como de mármol.

—No es gente que pregunte cosas, ¿sabís? —dijo Luz—. Una vez la mamá me agradeció, como diez años después de que Joaquín muriera. Gracias, Luz, nada más, a la salida de un matrimonio. ¿Pero qué les va a pedir uno? No hay que esperar nada de la gente.

Yael

Se me vino a la mente la imagen de Alberto y yo en la cama, con los pelos disparados y las caras desencajadas por la gripe. Al prender el televisor, vimos una de las torres gemelas humear. Alberto se levantó al baño. Yo di un grito acompañado de un ataque de tos. Él corrió hasta la pieza pensando que se me estaban desgarrando los pulmones. Había visto estrellarse el avión en la segunda torre. Pasamos el día sintiéndonos cada vez más apabullados por las imágenes. Ahí también pasé la mayor parte de los primeros días de junio de 2002, durante los grandes temporales que amenazaron con arrastrar a todo el país hasta el mar. Desde la ventana que miraba hacia el Mapocho veía la lluvia caer sobre el pavimento en miles de pequeñas explosiones persistentes y sucesivas, convencido de que la corriente, obstruida por el puente de Loreto en su bajada furiosa, se desviaría por José Miguel de la

Barra e inundaría nuestro barrio y todo el centro de Santiago, bajando por Monjitas, por Merced, por Huérfanos, por Agustinas, como las antiguas acequias coloniales que, desde un canal que corría junto al cerro, exactamente por donde ahora corría la calle Santa Lucía, bajaban hacia el poniente como sistema de regadío y cloacas superficiales.

Estuve a punto de dar un salto de alegría cuando vi a mi amiga Yael. Le había pedido que fuera a acompañarme durante la visita. Se encontraba observando unos dibujos a tinta china colgados en la pared de la entrada al cuarto. Al verme, desplegó su sonrisa lenta y también sus brazos delgados y serpenteantes. Sus gestos ampliaban las dimensiones de su cuerpo frágil, hasta volverla una presencia ineludible en cualquier sitio. Gesticulaba con sus dedos expresivos hasta componer una especie de campo de fuerza a su alrededor, un lugar más grande para sí misma que el que le había tocado en suerte.

—Mira qué cosa más extraordinaria —dijo.

Me acerqué. Me tomó un rato darme cuenta de que se trataba de dibujos de orgías sexuales hechos en tinta china. Seguramente, Talo los había elegido porque a simple vista no se distinguían los penes, vaginas y anos que daban vida a los personajes dispuestos en las más complicadas posiciones, al punto de romper con todo realismo.

—Jamás creí que Talo pudiera tener algo así.

—El viejo tenía su lado pícaro.

Yael era corta de vista, así que miraba los dibujos cubiertos por un cristal a muy poca distancia. Achinaba los ojos y seguía cada línea, como si estuviera dibujándola con la punta de la nariz.

—Qué bonitos son —dije desde un poco más atrás.

—¿Quién los habrá dibujado? —preguntó ella en voz repentinamente alta, girándose a ver si alguno de los presentes en la habitación conocía al autor.

Desde donde estaba la cama, vino hacia nosotros un hombre con un listado en sus manos.

—Déjeme ver, es el lote 174. Son de... Cocteau —lo pronunció como un argentino pronunciaría Peugeot.

—¿Cocteau? —dijo Yael con la pronunciación francesa marcada por sus años viviendo en París.

—Sí —respondió el tipo.

—Nada menos que de Cocteau. ¿Y son muy caros?

—El mínimo por los cinco es de cuatro millones. Aquí dice que antes fueron de Neruda.

—Ah, con razón están en Chile. No son nada baratos, pero son preciosos. ¡Cómpralos! —dijo girándose súbitamente hacia mí.

—No tengo esa plata.

—No seas tonto, cómpralos, son únicos.

—Si vengo mañana, capaz que pare el dedo, pero no creo que me anime.

—Oye, por suerte que tú no te convertiste en un viejo así. Estuviste a punto. Tú mismo me contaste que antes de venirte aquí vivías en un departamento con sillones de piel de leopardo y lleno de cachivaches —y haciendo el gesto de una pizca con sus dedos ramosos, agregó—: Estuviste a punto, a punto. Me acuerdo de que le decían la embajada china. Podrías haber seguido siendo un ingeniero en el clóset y te habrías convertido en esto —y señaló alrededor con uno de sus ademanes abarcadores—. ¿Cómo te salvaste?

Me tomó un instante darme cuenta de que en realidad esperaba una respuesta.

—No sé, ¿con terapia?

—Mmm —ella seguía la mayoría de las conversaciones entrecerrando los ojos, dejando escapar en las pausas la vibración rumorosa de su garganta—. Yo creo que te salvaste porque eres un huevón muy potente. Cualquier otro se habría quedado ahí, medio amargado, medio contento, rodeado de huevadas.

Pronunciaba huevón y huevona y huevadas como los peruanos, con sus «v» bien definidas.

—Siempre me has tenido una fe enorme.

—Harto tuviste que superar y harto que has logrado.

Nos conocimos en el taller literario al que entré cuando quise dedicarme a escribir. Ella llegó tres o cuatro clases tarde, porque había tenido un hijo a finales del año anterior. Su entrada en escena fue digna de esa elocuencia de movimientos que la caracterizaba. Nada más llegar, extendió sus brazos por todo lo alto para darle un abrazo y un sonoro beso a nuestro profesor que, cosa rara en él, los recibió complacido. Era un día particularmente frío. Llevaba puestas botas altas, un abrigo largo de corte militar color verde oliva y un gorro de piel que le daban el aspecto de una mujer rusa. Más adelante me enteraría de que todos sus ancestros habían huido de la zona de influencia rusa a fines del siglo XIX, a causa de los pogromos. Luego la vi buscar un sitio libre, entrecerrando la mirada y sacando la boca como un pez carpa. Pensé que su demora en acomodarse era otra forma de llamar la atención. Una vez en su sitio, cruzó una pierna sobre la otra, denotando una confianza en sí misma que a mí se me escapaba. ¿Se creería la reencarnación de Anna Karénina? Mis pensamientos se debían a que me sentía un intruso en el taller y todavía no me había atrevido a leer mi primer cuento. Algún tiempo después supe la razón para tanto despliegue corporal: sus brazos y sus dedos y piernas funcionaban como sondas que lanzaba hacia la oscuridad que la rodeaba. La impresión que me había hecho de ella cambió por completo cuando fue su turno para comentar el cuento que había leído uno de nuestros compañeros. Su aura de grandiosidad se canalizó en un comentario inteligente e incisivo, en el que llegó a citar frases de memoria. A partir de ese momento quise ser su amigo.

Ella me ayudó a evitar que me convirtiera en un tipo de hombre que hoy habría detestado ser. En cada uno de mis primeros cuentos, alguno de los personajes o el protagonista era gay, mientras nuestro profesor insistía en que narrar acerca de las vidas de personas gays era «un hándicap», porque los lectores no se comprometerían con lo que se contaba. Era como literatura de género, como las novelas románticas, de misterio o policiales, no literatura con mayúsculas. Según él, al escribir sobre una minoría tan pequeña, me estaba restando de la necesaria universalidad del arte. Pero resultaba ser un argumento tramposo, porque sus historias, que yo leía con placer y que trataban principalmente de hombres heterosexuales, profesionales, escépticos, de mediana edad, de clase alta, entregados al análisis intelectual de las inclemencias de sus relaciones amorosas, no eran, en ese sentido, precisamente universales. La universalidad se alcanza desde lo particular, no desde lo general. Con Yael nos dimos cuenta pronto de que él consideraba también a más de la mitad del mundo como una minoría, porque las historias de mujeres, como las que relataba Yael y otras compañeras de taller, las consideraba «poco interesantes».

Recuerdo con claridad y emoción una noche de luna en que Yael y yo salíamos juntos del taller.

—No se te vaya a ocurrir hacerle caso a este huevón. Es súper buen profesor y escribe precioso, pero es un hecho que los gays no le interesan en lo más mínimo. No es homofóbico, pero casi. Y no le gustan las mujeres. Es cosa de leer sus novelas y ver cómo nos trata. O somos objetos de deseo o fuente de aventuras y problemas, no mucho más. Ese arquetipo de la mujer misteriosa y sensual que es como un encierro. Y tú tienes que escribir de lo que te nazca escribir. Imagínate si después te conviertes en un escritor conocido y tus historias son sobre relaciones de parejas heterosexuales. Sería incomprensible. Quedarías como un pobre tipo, capaz que hasta te vieras obligado a fingir que eres heterosexual, como les ha pasado a muchos escritores y actores y actrices. Ya no se puede. No se puede ser escritor sin ser honesto con uno mismo y con tus lectores. No te puedes pasar la vida escribiendo en clave.

Tuve oportunidad de devolverle el favor. Contreras no la valoraba cuando comentaba sus textos. En algún encuentro él me dijo que la encontraba «malita», por lo que cualquier pretensión de Yael recibía de su parte un argumento que buscaba ponerla en su lugar. Hasta que un día, también al final de una sesión del taller, ella se puso de pie, se acercó a mí, y mirándome inquisitivamente a los ojos, como si quisiera descifrar mi reacción, me dijo en voz baja:

—Quiero ser escritora.

—Qué bueno —dije yo, tomado por sorpresa. Admiré su arrojo. A mí me daba pudor y al mismo tiempo una gran ansiedad imaginarme como un escritor.

—¿Estái seguro?

—Claro que sí. Tienes esa agresividad creativa de todos los buenos escritores.

—Tendría que dejar mi trabajo en la revista.

—¿Tienes ganas de dejarlo?

—Me muero de ganas.

—Entonces hazlo.

—¿Y este huevón?

—No le hagas caso. Si no eres la Yourcenar o la Woolf, jamás le vas a interesar. Yo creo que no le gusta ningún escritor vivo. Chileno, ninguno. Escritora, menos. Ishiguro o Amis quizá.

—Me hace bien conversar contigo.

Desde entonces hemos sido buena compañía y fuente de reafirmación el uno para el otro. Nos hemos transmitido la pasión por la literatura, por tantos escritores y escritoras que seguimos, por personajes, escenas, frases, poemas, diálogos que nos han inspirado para escribir nuestras novelas. A pesar de que había otros talleristas que escribían bien y eran dueños de un mundo narrativo y una prosa originales, en ninguno de ellos sentí la misma determinación, el mismo ardor que Yael y yo compartíamos sin límites. Quizá los momentos de mayor complicidad entre nosotros han sido cuando leemos el borrador de una novela que ha escrito el otro. Leemos con una atención que nadie más puede ofrecer, ni siquiera nuestros editores. Cada vez que ella lee un borrador mío siento que la novela crece, que adquiere significados y proyecciones que me permiten enriquecerla. Y ella tiene esa claridad y esa delicadeza particulares para decir aquello que no le gusta, para señalar mis malos hábitos, para hacerme notar cuando estoy escamoteando el fondo de lo que quiero decir detrás de frases inútiles, aunque estén bien compuestas. Creo hacer lo mismo por ella, y tal como ella dice, soy un astro de la verosimilitud. A lo largo de los años, nos hemos afirmado mutuamente ante el desprecio que sienten las élites literarias por lo femenino y lo popular, para qué decir por una forma gay de ver el mundo. Es fácil tildarnos de cursis, de siúticos, de melodramáticos, calificativos con ese resabio machista que no comprende una estética que no nazca de su forma de ver el mundo ni de su sentido del poder. Es el castigo de siglos, las mujeres descartadas por inestables y sentimentales, los gays por esnobs, amargados y relamidos. Nos condenan todavía diciendo que somos lectura de mujeres, como si serlo constituyera un vicio, un mal, un peligro. Pobres machos aterrados de que les quiten su lugar.

En ese momento se nos acercó Andrés Urrejola. Yael había sido la amiga de la que él se había burlado en su casa, cuando salió la entrevista por su primera novela.

—Hola, Yael, ¿cómo estás?

—Aquí estoy, impresionada con esta cueva de Alí Babá.

—Es bastante mejor que una cueva.

—Es desconcertante que alguien pueda acumular tantas cosas.

—Son todas buenas.

—Por la gente que anda dando vueltas, no lo dudo. Pero me cuesta entender estas ganas de poseer.

—Se llama buen gusto.

Yo estaba a punto de intervenir. No iba a soportar otra de las rutinas de humillación a las que Andrés se entregaba con tanto placer, pero Yael sabía defenderse sola:

—Ah, el buen gusto. Tú eres la máxima autoridad en el tema. Pero lo que yo quería decir es que, si su afán era reunir una colección valiosa, no entiendo por qué no la donó a un museo para que la conservara, o que tuviera algún sentido más allá de su valor.

—Habrase visto. Cada uno hace con lo suyo lo que quiere.

—Es que así parece glotonería, pura vanidad.

Urrejola soltó un bufido, mezcla de queja y de risa. Me buscó a mí con los ojos para hacerme cómplice de su mofa. Yo permanecí con el rostro serio, mirándolo con una pregunta en el semblante, dándole a entender que era él quien estaba puesto en entredicho. Yael, mientras tanto, sonreía agresivamente con su boca desplegada como un arma y lo miraba con esa intensidad de cegatona, una expresión que le decía a Urrejola algo así como que él podía pensar que era tonta, pero que no se engañara.

—Qué discurso más añejo —dijo Andrés por fin.

—¡Añejo! —gritó ella—, esa es la palabra del día. En todo esto hay algo añejo.

—Bueno, allá tú con lo que pienses. ¿Vieron las opalinas? —Andrés se había dado vuelta y ya caminaba hacia la mesa donde estaban.

—Las vi —dijo Yael en voz alta, por si Urrejola la alcanzaba a escuchar, y bajando la voz, me preguntó—: ¿Por qué anda tan vestido? Hace calor. Es como si llevara puesta una mortaja. De buenas telas, seguro —y lanzó una carcajada sonora, que seguramente tuvo como fin herir los oídos de Urrejola.

Dimos una vuelta más. Su mirada se detenía con libertad en aquello que le llamaba la atención. Llegado un punto, me pidió disculpas por quedarse conmigo tan poco rato. Tenía que irse. Su hija la estaba esperando y había mucho tráfico. No sabía qué pasaba. Era peor que cualquier otro viernes. Nos despedimos en la coronación de la escalera y la vi bajar un poco a tientas, dejando caer con inseguridad cada paso sobre los peldaños, mientras sus zapatos le arrancaban ruidos nuevos a la vieja madera.

Javier

Volví al dormitorio principal, llamado por la curiosidad que me había despertado una estantería en la que se exhibían fotos de Talo y de los que supuse serían sus amigos y familiares. En un gran marco de plata repujada había un retrato de él cuando joven, hecho por Tunekawa. Había sido el fotógrafo de mi familia, así que reconocí de inmediato esa manera particular de pintar los fondos de sus imágenes. Todavía conservo algunos de los retratos que nos hizo a mí y a mis hermanos cuando éramos niños, primorosamente vestidos, rodeados de juguetes nuevos, flotando en una nube de prosperidad retocada por un japonés. Talo llevaba puestos unos pantalones beige con pinzas y una polera celeste abotonada hasta arriba, de alguna tela fina, una foto veraniega que dejaba ver sus brazos anchos y bronceados. Me pregunté cómo a esa edad, veinticinco años más o menos, había alcanzado ese grado de seguridad en sí mismo, cómo no lo había herido el hecho de ser homosexual. Su rostro oscuro, con abundante pelo negro peinado hacia atrás, tenía una expresión seria, arrogante, nada soñadora ni menos simpática. Debajo de su belleza arrebatadora, se intuía un carácter inflexible y autoritario. Era hombre de certezas y verdades absolutas, mientras yo vivía en permanente vulnerabilidad, lleno de dudas. Hasta hoy me cuesta comprender a los hombres como él que van por la vida de machos indolentes y avasalladores.

Otra de las fotos me tomó por sorpresa, tanto que eché hacia atrás el cuerpo y después me acerqué de nuevo a mirar. Era Javier Irarrázaval con Talo, en el corredor de una casa de campo. Por el aspecto más fresco de Talo y porque Javier estaba vivo aún, la imagen tendría unos quince años de antigüedad. Creí por un instante oír a Javier diciéndome que yo había sido copuchento la vida entera. Le gustaba reprochármelo y después lanzaba una de sus estridentes carcajadas. Javier Irarrázaval había surgido como una aparición, ahí, a mi lado, con su inconfundible pelo castaño tirando a pelirrojo, disparado en todas direcciones por unos crespos indómitos, con sus ojos pequeños, risueños y cómplices. Creí sentir que se movía en torno a mí, incapaz de estarse quieto, mirando y husmeando igual que yo las fotografías. Tanto su mente como su cuerpo no se detenían en ningún instante y de cuanto veía o escuchaba o pensaba sacaba un nuevo pretexto para continuar en movimiento. Recordé su nariz larga, delgada y recta, en medio de unos rasgos afinados hacia adelante, como si le faltara el lóbulo occipital del cráneo y le sobrara mandíbula, pómulos y frente. Sus grandes virtudes habían sido el humor, su efusividad y esa mente dispuesta a cualquier desafío, como si batirse a duelos mentales fuera su principal diversión. Yo sabía que la vitalidad que derrochaba encubría un sufrimiento interno, porque pasaba gran parte de sus días escondido, rumiando su amargura por haberse convertido en una persona que no quiso ser. Cuando estaba con gente, sentía la obligación de mostrarse lúcido y divertido, aun cuando tuviera una pésima impresión de sí mismo. Se había titulado de abogado en la Universidad Católica, pero había terminado trabajando en la oficina de cobranzas de su padre, lugar que aborrecía. Las cosas empeoraron cuando su padre se lanzó del séptimo piso del edificio donde quedaba la oficina y no le dejó otro camino a Javier que hacerse cargo del negocio que mantenía a la familia, en especial a su madre. Quizá para compensar tanta decepción es que se dedicaba al bridge en sus tiempos libres. Ahí podía responder de mejor manera a la idea o el sueño de ser un hombre brillante. Me habría gustado comentarle la apariencia y la tenida de Talo en el otro retrato. Era curioso como yo, pero cuando se daba cuenta de que se había dejado llevar por un tema que él consideraba demasiado gay, se arrepentía y decía cosas como: «Qué mariconas somos». En su boca, una expresión así pretendía sonar divertida, pero yo tenía conciencia de cuánto le había costado aceptarse y su abominación ante la posibilidad de que lo consideraran un «maricón perdido».

Nos conocimos jugando bridge competitivo. Creo que ambos jugamos durante tantos años para huir de la responsabilidad de enfrentarnos al mundo. Cuando llegó al club, no era más que uno de los tantos espectros que entraban a ese círculo ensimismado para después de un par de campeonatos desaparecer sin dejar huella. Pero él se fue quedando y pronto comenzó a sentarse junto a la mesa en la que jugábamos mi partner y yo. Decía que quería aprender a jugar bien. Luego ya empezamos a participar como pareja en campeonatos de poca importancia o él tomaba el reemplazo cuando mi partner no podía estar en un partido, y así le fui transmitiendo lo que yo había aprendido. El bridge, como la literatura, se aprende sobre todo a través de linajes de maestros. Yo había aprendido de mi partner, él de su partner anterior a mí y así por generaciones. Cuando se sentaba a la mesa, se daba una de las pocas circunstancias en que Javier podía mantenerse quieto, atento y concentrado. Pero bastaba que se acabara de jugar cada mano para que se levantara de la silla e hiciera alguna pirueta, o bien para llevarse la mano al pelo ensortijado como reproche por no haber jugado la carta correcta en la defensa, o para dar un salto de pura felicidad porque había hecho un buen carteo.

Por mucho tiempo no supe que era gay. No me lo pareció cuando lo conocí y, como la mayoría de los que íbamos a parar al club teníamos algún grado de inadaptación con nuestros mundos de pertenencia, no me llamó la atención que se pasara cada tarde ahí y no saliera con mujeres. Jamás percibí una señal de su parte, ni un desliz en la conversación, ningún indicio. En ese tiempo yo trabajaba como ingeniero en Celulosa Arauco, en el área de informática. Por lo común me llamaba después del almuerzo, para contarme algún chisme de otros jugadores, o sobre un campeonato en el que podíamos participar. Hablábamos de manos difíciles que habíamos jugado la noche anterior o una semana atrás, de convenciones, de señales de defensa. Pero una tarde lo sentí raro al teléfono. Se movía por la conversación como si no supiera bien de qué hablar. En un momento dado, me dijo, lamentándose:

—Qué difícil es esta hueá —y luego se calló, una actitud inusitada para quien jamás permitía que una conversación se hundiera en un pozo de silencio.

En medio de la quietud del sector donde estaba mi oficina, antes de que los demás regresaran a sus puestos, esa pausa adquirió un dramatismo inesperado. No supe a qué se refería, porque no estábamos hablando del bridge. Claro que pensábamos que era un juego desafiante, pero no nos lamentábamos de ello, al contrario, la fascinación que nos producía nacía de lo arduo que resultaba llegar a ser un maestro. Por primera vez pensé que tal vez quería abrirse a tener una conversación más íntima. Yo no le había contado a nadie en el club que era gay ni menos que tenía pareja, así que pensé que ese no podía ser el tema incógnito. Decidí seguirle la corriente con el mayor de los lugares comunes, para ver a dónde íbamos a parar.

—La vida en general no es fácil.

—Sí, pero con esto se hace todo cuesta arriba.

—Quizá si se vive con mayor honestidad...

—¿Pero por qué tenía que pasarnos a nosotros? Ya no tenía duda. Me costaba creerlo. Debió de vivir el encierro con una severidad monacal.

—Lo que nos pasa nos hace ser las personas que somos. Yo no quiero ser otra persona.

—Yo lo encuentro una condena.

Jamás he sido proclive a las conversaciones sin sujeto, pero esa tarde me presté al juego y Javier, sin nunca decirlo del todo, me fue contando de los problemas que significaba para él ser gay. Antes de cortar, una hora más tarde, dijo:

—Yo no tengo muchas esperanzas.

Después de un buen número de laberínticas conversaciones, me pidió que lo invitara a mi casa con amigos de nuestro círculo: sería su primera participación en ese mundo sin estar protegido por el anonimato. Hasta entonces había tenido encuentros de auto a auto que terminaban en la Plaza de la India, con una chupada o una paja. Había ido un par de veces a los parques que corren junto al Mapocho. Y solo una noche, después de un campeonato, se había aventurado a una discoteca gay. Duró cinco minutos dentro y salió despavorido. Según me contaba, jamás había tirado-tirado con un hombre. Incluso no sabía siquiera si le iba a gustar.

Fue el primero en llegar a mi departamento en la avenida Colón, a eso de las nueve, vestido como alguien iría a una comida en una casa convencional. Llevaba puesta una camisa celeste de algodón tejido y botones en el cuello, pantalones chinos y mocasines con pompones. Yo me reí al verlo.

—¿Qué? —me dijo alarmado. Tenía una sensibilidad canina respecto de los posibles juicios que recaían sobre él, olía cada palabra y cada gesto para saber si estaba siendo objeto de burla.

—Pareces sacado de una reunión de amigos del Tabancura.

—Pero, hueón, estudié en el Tabancura, ¡qué querís!

—Nada, solo digo.

Después de su revelación, hablábamos cada día, además de vernos cada tarde en el club. Había llegado a convertirse en alguien importante para mí. Le conté mi vida entera y lo transformé en mi confidente acerca de cada problema que pudiera tener con Alberto o con mi trabajo o con mi partner. Él continuaba siendo reservado, me hablaba poco de su familia o de si le gustaba alguien, pero cada llamada era promesa de risa, exploración y algunos hallazgos sobre él o sobre mí. Se entregaba a lo que fuera que estuviéramos hablando con una pasión que me divertía y me hacía sentir encumbrado.

Esa comida debió de ser el año 93. Era verano, porque estuvimos la mayor parte de la noche en la terraza. De ese departamento saldría yo para irme a vivir con Alberto al de Santa Lucía. A medida que los demás iban llegando, yo se los presentaba, como si él fuera una suerte de invitado de honor. El grupo en el que nos movíamos era pequeño y hasta cierto punto secreto, por lo que los nuevos integrantes despertaban una curiosidad salvaje. Vi a mis amigos dedicarle a Javier sus mejores gracias, con el fin explícito de impresionarlo y el fin implícito de tirárselo. Andrés Urrejola recurrió a sus mejores trucos de magia social. En medio de la noche, Javier me buscó en la cocina.

—Son demasiado maricones.

—Tú también eres demasiado maricón.

Su carcajada se multiplicó al rebotar en los azulejos.

—Pero no como ellos. Hay uno que anda con calcetines de Mickey Mouse, ¡por favor! Y al otro le faltan alas en las muñecas para echarse a volar. Y a Andrés, creo que se llama, le sobran cuatro capas de ropa.

—Cada uno es gay a su manera. Si no quieres, no tienes por qué ser como ellos.

—¿Pero esto es todo lo que hay?

—No, son solo mis amigos. Son divertidos, cariñosos, tienen vida propia, son entusiastas y creativos. No creo que se les pueda pedir más.

—Ya, pero son bien poco masculinos.

—Mira, Javier, esa cantinela de la masculinidad es puro miedo a ser maricón.

—Ya te pusiste a hablar como el cura de los gays. Yo quedé harto de curas después del colegio.

—Parece que no tanto, porque estudiaste derecho en la Católica, que es lo mismo que entrar a un seminario.

—¿Y vos? Ingeniería en la misma Católica.

—Pero al menos el fin de mi carrera no es normar la vida de los demás. Ya, volvamos, ¿no ves que eres la sensación de la noche?

Lo vi reírse mucho y ser todo lo encantador que sabía ser. Se fue de los primeros, tres o cuatro se quedaron para preguntar más detalles acerca de él. Alberto no lo había conocido hasta entonces, pero el humor de Javier lo había hecho caer rendido a la primera risotada que lanzaron juntos.

Al día siguiente lo llamé, pero no tomó el teléfono. Siguió sin contestarme durante dos semanas y tampoco lo vi en el club. Apareció recién cuando comenzó a jugarse la Copa de Oro. Yo estaba ofendido, al menos podría haberme dado las gracias. Nos tocó jugar en contra. Él tenía un partner débil, así que no fue difícil ganar la partida. Ya estaba yo en mi auto, listo para irme, cuando se asomó de un modo furtivo por la ventana. Puso una mano en el marco y dijo:

—Sorry. No puedo, simplemente no puedo. Olvídate de todo lo que hablamos. Yo no voy a ser así —y desapareció.

Dejamos de jugar juntos y pasaron ocho meses antes de que volviera a llamarme. Supe de él porque en ese tiempo se acercó con su intensidad acostumbrada a Clarisa, una querida amiga mía, mujer soltera, altísima y muy gorda, que jugaba bridge bastante mal, pero que tenía el don del buen humor y de pasarlo bien sentada en un sillón, con un cómplice enfrente y un cigarro en la mano. Ahora que lo pienso, ambos buscaban exactamente lo mismo, complicidad incondicional, sin que ese compromiso los obligara a tener una relación erótica. Me los encontré juntos un par de veces en el club, pero estaban tan absorbidos el uno en el otro que ni siquiera me dieron el espacio que creía merecer por haber sido el amigo original de ambos.

Un día cualquiera, Javier quiso que volviéramos a ser amigos, dejando a un lado nuestra homosexualidad, como si no existiera. Para mí había sido una pérdida dolorosa y sobre todo injusta. Le dije lo que pensaba. Que creía que él tomaba a la gente como seres útiles o inútiles para sus fines. Que yo había sido su puente con el bridge y su breve exploración del mundo gay, pero que bastó que él decidiera dejar de serlo para que me descartara de su vida, así, simplemente. ¿No se había puesto a pensar que para mí su alejamiento pudo haberme causado dolor? Rogó que lo perdonara, tenía que entenderlo, había tenido miedo, mucho miedo, de sí mismo, de mí, de esos hombres tan delicados y tan frívolos. Había salido arrancando. No era capaz de separar las cosas. Sentirse cerca de mí lo hacía sentir maricón y él no quería eso para su vida, no quería ser esa clase de persona amanerada e intrigante. Pero podíamos volver a ser amigos de juego, de intimidades, ya no tenía miedo. Le dije que no tenía que ser tan prejuicioso con los demás, que no tenía que aferrarse a esa idea preconcebida de lo que significaba ser homosexual.

Había dejado de confiar en él, pero me fui acostumbrando de nuevo a sus llamadas: al poco tiempo anhelaba oír sus chácharas incontinentes al teléfono. Me divertía, me sacaba de ese trabajo que no me gustaba. Pero sus ausencias de semanas se hicieron crónicas y por lo que me contaban otros jugadores, prácticamente se había ido a vivir a la casa de nuestra amiga. Ella le cocinaba, le lavaba la ropa y sobre todo escuchaba los largos análisis que hacía de sí mismo. Había encontrado una forma de encierro que le acomodaba. No estaba solo, se sentía protegido y podía olvidarse de su obsesión con la imagen que proyectaba hacia los demás. Dos años más tarde abandoné el bridge y dejé de verlo.

Al final de mis años en el departamento de Santa Lucía, fui con un grupo de conocidos al Búnker. Hacía tiempo que no entraba a esa discoteca. Bullía de gente. Las luces en constante movimiento se sumaban para revelar la pista central repleta de hombres, espiados por otros tantos que colmaban las terrazas alrededor. A mano izquierda habían construido una larga barra que antes no existía. Me costó abrirme paso hasta ahí. Me acerqué a un barista que estaba libre. Tenía los ojos rasgados, los pómulos altos y un cuerpo flaco pero fuerte que asomaba debajo de una polera tejida en red y unos shorts de cuero. Mientras pedía, a mis espaldas, superponiéndose al retumbar de la música, creí distinguir la resonante carcajada de Javier. Me di vuelta con el trago en la mano. No lo veía desde el funeral de Clarisa, muerta hacía unos años. Llevaba puesta una polera, que le quedaba no solo estrecha sino también corta, y jeans rasgados en los muslos. Tenía la piel color zanahoria, seguramente por la acción de algún autobronceante. Sus brazos y su pecho estaban hinchados gracias a los esteroides y sus dientes relucían con un blanco fosforescente.

—Hola pos, escritor. Tanto tiempo —dijo viniendo hacia mí con desenvoltura, dejando solo al veinteañero con el que estaba.

—Eres otra persona —dije sin disimular el asombro.

Esa turgencia estaba desarrollada para mostrarse como un tipo fuerte, pero lo que yo veía era a un hombre frágil pasando por uno de sus periodos de euforia.

—Hueón, voy al gimnasio todos los días.

Él parecía no reparar en la impresión que me había causado verlo ahí y verlo así. Su sensibilidad ante mi juicio estaba dormida y seguía con la conversación como si yo tuviera una sonrisa en la boca y no el ceño arrugado.

—Qué bueno —dije sonriendo apenas—. Pero para ponerte así no basta solo con ir al gimnasio.

—No pos, hueón, me he puesto de todo. Hasta quemadores de grasa me inyecté aquí en las tetas para dejarlas duritas —dijo haciendo el gesto de presionar una jeringa contra uno de sus protuberantes pectorales—. Si pa culiarse a estos pendejos hay que estar como tuna. ¡Me encanta culiar, hueón, me encanta! —me gritó al oído y lanzó su risotada.

Su procacidad me descolocó. Nada quedaba de ese hombre que tanteaba el camino antes de dar el siguiente paso, en constante estado de alerta. Yo no entendía qué había ocurrido en los años sin verlo para que tuviera esa transformación. Resentía que él hubiera llegado a vivir su homosexualidad con ese desparpajo sin que hubiéramos podido compartir la experiencia. Y resentía que ya libre de sus prejuicios y odios internos se hubiera convertido en una especie de muñeco animado. Se me vino a la memoria su dependencia de los somníferos y los tranquilizantes. Tomaba Dormonid cada noche y dos milígramos de Ravotril cada día. A veces hacía tonterías bajo el efecto de las pastillas, sobre todo cuando las mezclaba con alcohol. Me había contado alguna vez que una noche se levantó sonámbulo, se rasuró todos los pendejos y solo a la mañana siguiente se dio cuenta al entrar al baño.

Busqué algún indicio del Javier que yo conocía, pero no encontré ninguno, ni siquiera el buen humor. Podía entender la exageración de los músculos, bancarme el habla procaz de adolescente que recién experimenta el sexo, pero con el color de la piel y ese blanco perturbador en los dientes el conjunto se volvía indigerible, una expresión de que Javier había perdido o el sentido de realidad o el amor propio.

—Ya, me tengo que ir, mira que no quiero que se me arranque ese huachito rico con el que estaba hablando. Culea como los dioses. ¡Te morís el culo que tiene!

—Qué bueno que lo estés pasando bien —dije en un tono al que logré quitarle la ironía.

Me dio una mirada que dejó fluir un atisbo de su antigua y enternecedora vulnerabilidad.

—Hueón, me costó tanto que mejor lo disfruto. Es casi lo único que me queda para disfrutar.

—¿Y el bridge?

—No jugué nunca más. Me lateó.

—¿Y la oficina?

—Es un horror, funciona sola, voy a puro controlar a los empleados. Ya, me voy, chao —dijo, y desapareció en medio de la gente.

Lo volví a ver a lo lejos un rato después. Se había sacado la polera y bailaba con un entusiasmo desenfrenado, pero sin mirar al joven con el que estaba. Me angustió observar que mientras se movía no dejaba de mirarse a sí mismo, como si buscara en su cuerpo una imagen que no encontraba en su interior.

La entrada de Andrés Urrejola a la habitación me sacó de mis recuerdos. Se acercó a tocar las sábanas.

—Son de hilo, ¿te diste cuenta? —me dijo—. Y el blasón deshilado tiene las iniciales de Talo.

—¿Sabes por qué hay una foto de Talo con Javier Irarrázaval en el estante?

—Venía seguido, a Talo le gustaba invitarlo. Pobre hombre —dijo con su voz melodiosamente gangosa—. ¿Tú seguiste siendo amigo de él?

—No, al final lo veía muy poco.

—Era cómico. Y completamente loco. No me sorprendió cuando me contaron que se había matado. ¿Cómo lo hizo?

—Con pastillas —dije atravesado por una pena repentina.

Urrejola se dio cuenta.

—No habrías sacado nada estando más cerca de él. Hay gente que no se tolera a sí misma.

Clarisa

Me senté sobre la tapa del escusado, con las manos en el pelo, tal como se las metía Javier entre sus crespos para expresar desesperación o ansiedad. Me inundó ese mundo en el que viví encerrado desde fines del 89 hasta mediados de los noventa. Había regresado de Estados Unidos y a los pocos días conocí a Alberto en el Fausto. Dos meses más tarde vivíamos juntos. Poco antes me habían negado un lugar en la fábrica familiar, así que busqué trabajo en otras empresas y entré a Celulosa Arauco. Para guardar las apariencias, Alberto conservó el departamento que arrendaba en El Golf, aunque permaneciera vacío. Conseguimos dos líneas de teléfono: 2284099 y 2063313. Las llamadas que entraban por la segunda solo las tomaba él. Ahí hablaba con su madre y sus hermanas, o con sus muy heterosexuales socios de la oficina de turismo. Yo sentía que una parte de mi casa estaba invadida por extraños, mientras la mirada de Alberto temblaba cada vez que el teléfono emitía un chillido.

Con el rechazo de mi familia, yo había perdido la sensación de libertad que creía haber ganado en Estados Unidos. Tenía miedo, Alberto también. Sus compañeros de colegio lo habían sorprendido con su primer novio en un hotel en el sur, en pleno invierno, y el rumor se había diseminado entre sus cercanos y parientes hasta etiquetarlo como «maricón perdido». Tampoco se atrevía a planteárselo a sus padres y hermanos, a pesar de que sospechaba que ellos sabían. Cuando volvíamos del trabajo, nos tomaba una hora o más sacarnos nuestras corazas de encima y tratarnos con afecto. Vivíamos puertas adentro y solo salíamos juntos para ir a bailar los sábados muy tarde en la noche, o para escaparnos solos o con alguien de confianza a la casa que mis padres tenían en Concón.

No podía creer que Alberto se hubiera fijado en mí. Era un hombre deportista, macizo, rubio, de pelo en pecho, piel mate y ojos azules. Un *orso biondo*, como le decía yo en mi italiano precario. A esa belleza física que me exaltaba se sumó la vivacidad de sus ojos, su ingenio para hacerme reír, su mundanidad y la fácil convivencia que creamos al poco andar. Fue en ese tiempo que conocimos a

Andrés Urrejola y caímos bajo su influjo. Su forma subrepticia de vivir se prestaba para que nosotros pudiéramos sentirnos protegidos de rechazos semejantes a los que nos habían sometido nuestras familias y amigos. Y Urrejola nos iba abriendo las puertas para conocer a personas que consideraba confiables y entretenidas. En ese mundo ser «entretenido» era una especie de mandamiento.

Una de esas personas fue Clarisa, la mujer que años más tarde se hizo amiga de Javier. La conocí en una comida que organizamos en nuestra casa. Las invitadas eran ella y su prima hermana, además de Andrés Urrejola y Matías Fazzio, su acólito del momento. Alberto las conocía de los tiempos de las fiestas adolescentes. Estudiaban en el Colegio Villa María, pero en tercero medio las expulsaron por mala conducta, así es que terminaron sus estudios en el Liceo 17. Antes de que llegaran, Alberto me advirtió que las dos eran muy pitucas, muy cómicas y muy feas. Una era morena, con la piel punteada de lunares carnosos, grandes dientes amarillos y el cuerpo desproporcionadamente ancho de la cadera hacia abajo. Sin embargo, tenía unos ojos orientales de una expresividad llamativa, con los cuales se reía mientras hacía algún comentario con una voz adulta, jadeante y rasposa. La otra era Clarisa, con su cuerpo monumental disimulado bajo una túnica. Su cara redonda y sus ojos castaños rezumaban dulzura y complicidad. Sus brazos y sus manos resultaban delicados en comparación con su corpulencia. Quizá lo único que me chocó de ella en ese primer encuentro fue la giba que le abultaba la espalda. Cuando la observaba de lejos, a pesar de su caminar liviano y erguido, daba la impresión de ser una mujer extraordinariamente alta y voluminosa que se había encorvado con el peso y la edad.

Esa noche fumamos marihuana y nos reímos sin parar con el show de Urrejola. La risa de Clarisa tenía un encanto especial, una ronquera que revelaba disfrute e indulgencia. Al día siguiente me llamó para agradecernos la comida e invitarnos una semana después a su casa. Sus padres se irían al campo, así que tendríamos para nosotros el departamento de Isidora Goyenechea. Clarisa era buena cocinera, preparaba comida sencilla pero sabrosa. Esa noche nos sirvió un costillar de chancho con papas salteadas, ensalada de berros con huevo duro molido y, de postre, mousse de chocolate. Cuando nos levantamos de la mesa, Andrés nos llevó a conocer el clóset del papá de Clarisa. Según él, era un hombre conocido por su elegancia.

—Miren los colores de los suéteres y de los turtlenecks —decía mientras les pasaba la mano y los olía—. ¡Y los pantalones de cotelé! Mira este suéter naranja oxidado, yo me vería como un mamarracho con un color así. Mira este pantalón de pana, tabaco tabaco —era también de los que iban al teatro teatro—. Un genio el viejo, un verdadero genio. La mejor colección de zapatos de Santiago. Y todos impecables, lustrados, con sus hormas de madera cepilladas. Algunos deben tener más de treinta años.

—Yo estoy tan acostumbrada que no me doy cuenta —dijo Clarisa con genuina indiferencia—. No hay nada más aburrido que vestirse.

—Pero cómo va a ser aburrido —protestó Andrés—, es lejos lo más entretenido de la vida.

Una de las cosas que me sorprendían de Clarisa era la levedad con que caminaba, como en puntillas, y también la liviandad que proyectaban sus ademanes. Uno se olvidaba por completo de que tenía a su lado a una mujer de ciento cuarenta kilos de peso. Pertenecía a una familia rica, antiguos agricultores que se subieron a tiempo al despegue de las exportaciones de fruta y, según ella, tenían los veinte mejores apellidos de Chile. No había estudiado nada después de salir del liceo y se había dedicado a cuidar niños de familias ricas, para que no se quedaran solos cuando sus papás viajaban fuera de Chile y, de pasada, se hacía cargo de la casa y los empleados.

Yo me divertía con ella. Podíamos hablar horas, los dos de cigarro en mano dándoles vueltas a nuestras vidas. Me gustaba su curiosidad, sabía preguntar, tenía buena intuición y una sensibilidad despierta para captar aquello que a uno le importaba. También era buena narradora. Su familia estaba cuajada de seres excéntricos, y la historia de cada uno me hacía sentir el placer de asomarme a vidas que de otro modo no habría podido conocer. Tenía una hermana monja, una prima gurú, una madre ciega, un padre que cultivaba duraznos vestido como príncipe, una tía lesbiana que vivía en la vieja casa hacendal donde organizaba fiestas lujuriosas, y una retahíla de ancestros que iban desde una música eminente hasta un arzobispo pedófilo y borracho.

Recuerdo que para las vacaciones de ese año yo tenía ganas de ir al sur, pero a Alberto le complicaba que fuéramos dos hombres pidiendo pieza juntos en los hoteles. Le recordaba el instante en que sus amigos habían entrado al comedor del Yachting de Puerto Montt. Así que invitamos a Clarisa.

Si era necesario, ella se haría pasar por mi mujer y así tendríamos una habitación doble con cama matrimonial y una single.

Nos llamaba «mis niños» en las tiendas y restoranes a los que entrábamos. «¿Qué van a querer, mis niños?». Y yo de manera inconsciente me sentía protegido. Viajábamos en mi Honda Civic y en un tramo del camino me sacaron dos partes seguidos por exceso de velocidad. El segundo carabinero debería haberme llevado detenido, pero Clarisa se bajó y en un tono cómplice y a la vez paternalista lo convenció de que ella se iba a hacer cargo de mí, pues a este niño no lo iba a dejar manejar ni un kilómetro más, por irresponsable, que confiara en ella. Y con Clarisa al volante salimos de ese brete con una facilidad pasmosa.

A medida que nuestras vidas se fueron entrelazando, ella aprendió a jugar bridge y nosotros nos dejamos mimar por sus numerosas atenciones. Al poco tiempo preparaba la comida de nuestra casa al menos cuatro días a la semana, e incluso a veces hacía las compras. El resto de los días pasábamos la tarde en el club o salía con nosotros a algún restorán o a comer donde los tres estuviéramos invitados. Comía con recato y parsimonia, jamás la vi llenarse la boca ni dejar el plato limpio. Más adelante descubrí que su fuente de calorías estaba en el refrigerador de su casa, abastecido de helados, pan, palta, jamón y queso, y en un baúl de su pieza, donde acumulaba numerosas cajas de chocolates y dulces de todo tipo. Un año más tarde, solo le faltaba quedarse a dormir en nuestra casa. Su devoción llegaba a tal punto que nos ofrecía comprar los regalos de Navidad que teníamos que hacer por compromiso: compañeros de oficina, sobrinos, conserjes. Decía ser experta en ese tipo de regalos, bagatelas, pero bien elegidas.

Una colisión de soledades había dado origen a una rara forma de familia.

Animados por ella, el verano del 93 decidimos arrendar una casa en Cachagua, durante quince días. A ese balneario iban de vacaciones muchos de nuestros amigos de juventud, antiguas pololas mías ya casadas para entonces, compañeros de universidad y también de los colegios de Alberto y Clarisa. Pretendíamos dar un primer paso para ver si es que podíamos recuperar esas pertenencias.

La casa con techo de coirón y chasquilla resultó ser agradable. Desde la terraza donde tomábamos un trago en las tardes, teníamos una buena vista del mar lejano. Al ser de madera, crujía por todos los lados, lo que nos impidió a Alberto y a mí hacer el amor en las noches. Nos inhibía que Clarisa pudiera oírnos. Ambos teníamos el presentimiento de que fantaseaba con nosotros, sin tener la menor prueba de ello. Cada día bajábamos a la playa y nos tendíamos en el sector de Los Coirones, donde se instalaban los habitantes permanentes del pueblo, las empleadas que tenían la tarde libre y uno que otro grupo de santiaguinos. Solo nos aventurábamos al lugar donde se concentraba la mayor parte de los veraneantes al final de la tarde. Cruzábamos delante de la ruidosa muchedumbre camino hacia el otro extremo de la playa. Yo intentaba concentrarme en el mar y en las espaldas de quienes todavía estaban en el agua. Más curiosos, Alberto y Clarisa dirigían miradas furtivas hacia los grupos que se formaban, espigando a sus conocidos. El primer día nadie se levantó de su toalla para saludarnos, y según Alberto y Clarisa habíamos cruzado frente a varios que debieron hacerlo por mínima cortesía. Clarisa resultaba también sorprendentemente liviana en la playa: usaba un traje de baño color fresa y cuando salíamos a caminar se ponía una túnica que se movía con el viento mientras ella avanzaba de puntillas sobre la arena; se bañaba largo y seguido en el mar, subiendo y bajando entre las olas; y ya antes de llegar se había bronceado con dedicación en la piscina de su prima. Un solo tipo saludó a Alberto en esa primera caminata. Lo hizo por obligación, porque estaba jugando paletas en la misma franja de arena húmeda por la que nosotros avanzábamos. Era guapo, moreno de ojos claros, de pecho ancho, y jugaba a las paletas con un entusiasmo ridículo, el típico treintón que quiere decirle al mundo entero que todavía tiene la energía de un joven de veinte. Alberto, Alberto, había gritado y le había dejado caer unos paletazos en la espalda. Alberto preguntó educadamente por la mujer y los hijos, pero no nos presentó, así que con Clarisa seguimos caminando, con la voz del tipo en los oídos. Hablaba fuerte, tal vez para que su compañero de juego oyera lo que decía y no fuera a pensar que él también era maricón.

No recuerdo que nadie nos haya invitado a comer en toda la quincena, ni que nos pidieran que fuéramos a tendernos con ellos. Solo una de mis antiguas pololas, con su melena al estilo príncipe valiente, salió del gentío una tarde, se acercó a saludarme y me obligó a ir hasta donde estaban sus hermanas y sus niños. Fueron corteses, pero en los ojos de cada una asomaba esa mezcla de morbosidad y rechazo que les producía mi presencia.

Cuando regresamos a Santiago, Urrejola nos llamó para contarnos que una señora de apellido Stuvens, amiga de su madre y de la dueña de la casa que habíamos arrendado, andaba diciéndoles a todas las demás viejas de Santiago que la pobre Raquelita Bascuñán había tenido que botar el colchón de la casa, porque lo habíamos dejado ensangrentado. Llamamos a la dueña de casa para pedirle una explicación, pero no contestó el teléfono.

Al año siguiente, entré a una terapia y una de las cosas que le llamó la atención a mi psicóloga fue la relación que teníamos con Clarisa. ¿No me molestaba tener tan poca intimidad con Alberto?

Había decidido hacer una terapia porque sufría en mi trabajo. Quería renunciar y no me atrevía. Estaba agotado de mentir la mayor parte del día sobre mi vida privada. También había tenido una crisis de pánico. Alberto estaba de viaje y a la una y media de la noche llamé a Clarisa para que fuera a acompañarme. Me sentía aplastado por la angustia. Llegó en camisa de dormir con un abrigo encima. Le pedí que se quedara conmigo. Sin dudarlo, se metió entre el plumón y las sábanas y se durmió a mi lado.

A esas alturas a mí me llegaban historias de personas que aseguraban que Clarisa sugería que ella y yo éramos pareja. Conocíamos su habilidad para mostrar las cosas según fuera su conveniencia. Si no quería que invitáramos a alguien a comer un viernes, nos decía que no estaba, que esa persona le había contado que se iba fuera el fin de semana, lo que después resultaba no ser cierto. Para ella existía un limitado espacio de seguridad que formábamos nosotros, Urrejola y poca gente más. Al resto los dejaba afuera, incluso a su prima, a la que no volvimos a ver. Mentirillas y actitudes de esas hubo muchas, pero yo no concebía que se inventara que teníamos una relación sentimental.

Fue el mismo Javier Irarrázaval, después del funeral de mi padre, quien me confirmó que Clarisa jugaba con esa fantasía. Le había dicho a él que le daba pena todo lo que había sufrido «su suegro». Y que no solo se lo había dicho a él, sino también a tres personas nada cercanas que estaban con ellos. Era cosa de mirarla, me dijo, a la salida de la iglesia se paseaba como si fuera una de las deudas principales. Yo no me había dado cuenta de nada, aturdido por las emociones encontradas que me habían producido la muerte de mi padre y su multitudinario funeral. Le insistí a Javier que debía de ser una broma, a ella le gustaba exagerar su grado de importancia en la vida de la gente.

Pero con el avance de la terapia, la libertad que implicó para mí la muerte de mi padre y el afianzamiento y mayor seguridad en nosotros mismos que habíamos ganado con Alberto, la omnipresencia de Clarisa se nos hizo pesada de llevar. No queríamos seguir encerrados en ese mundo tan pequeño. Un día decidimos que hablaríamos con ella. Planeamos la forma de decírselo. Ella comía con nosotros cada lunes, porque afirmaba que lo mejor de los fines de semana eran los análisis «post mortem» que hacíamos ese día. Trajo de comida unos ñoquis con salsa rosada, una mezcla de crema y salsa de tomates casera. A esas alturas yo pesaba quince kilos más que mi peso normal, y la panza de Alberto había adquirido propiedades telescópicas. Después de comer, Clarisa se sentó en uno de los sofás con tapiz «celeste joya», estiró un brazo sobre el respaldo y con el otro sostenía el cigarro en el aire. Se notaba que estaba tranquila, con la cabeza inclinada, como si añorara algún lugar lejano y al mismo tiempo se sintiera en casa. Desde el sofá de enfrente, tuve que hacerme de valor para entrar en el tema. Adelanté el cuerpo, respiré profundo, busqué la aprobación de Alberto con la mirada y me lancé al ruedo sabiendo que la tomaría desprevenida.

—Sabes, Clarisa, con Alberto hemos pensado que nos gustaría tener un poco más de intimidad entre los dos.

Me dirigió una mirada de la que se había esfumado en un instante toda la dulzura que acostumbraba a regalarme.

—Yo pensé que tenían esa intimidad.

—Pero nos cuesta encontrar el tiempo para estar los dos solos. Casi todo lo hacemos, lo conversamos y lo decidimos contigo. Y creo que sería mejor que tuviéramos más independencia. Tú y nosotros. Nos vamos a seguir viendo, por supuesto, pero no tan seguido.

—Nadie los ha obligado ni nadie los obliga.

Para mis adentros pensé que en cierto modo ella sí nos obligaba, porque se había vuelto imprescindible de una manera sutil pero insidiosa, auscultando nuestras debilidades, creciendo en ellas. Y cuando habíamos querido movernos más a nuestro aire, Clarisa había encontrado algún modo para manipularnos y ponerse de nuevo en el centro de esa parcela de vida cada vez más asfixiante.

Al notar su contrariedad, Alberto intervino:

—Tampoco es pa tanto, Clara, si es pa puro bajar un poco la intensidad.

—Yo pensé que precisamente lo que nos gustaba era la intensidad. Para tener amigos de esos de vez en cuando, puedo buscarme otros.

—No la intensidad de los sentimientos, Clarisa, esa no va a cambiar, sino vernos un poco menos, para que Alberto y yo tengamos más tiempo para nosotros.

Se puso de pie y dijo:

—Yo no quiero ser un estorbo para nadie, ni menos sentirme uno.

—No lo tomes así —dijo Alberto tratando de alivianar el momento con una sonrisa—. ¡Jamás has sido un estorbo!

—Miren, me voy ahora mismo, así pueden empezar a conversar entre ustedes altiro —y apuntando a Alberto con el dedo, agregó—: Mañana pasa a dejarme la fuente de los ñoquis. Déjala con el conserje.

El convencimiento de que estábamos actuando bien me mantuvo en el sofá. Un atisbo de pánico cruzó por los ojos de Alberto, pero logré tranquilizarlo tomándole la mano con fuerza y no permitiéndole que saliera detrás de ella a pedir disculpas. Al fin y al cabo, no le habíamos planteado nada imposible ni poco razonable.

No nos llamó ni atendió nuestras llamadas durante semanas. Fue en ese entonces cuando ella y Javier Irarrázaval se hicieron inseparables.

A veces peleaban y cada uno me buscaba por su lado, hablando pestes del otro, pero su interés y su complicidad conmigo desaparecían tan pronto se reconciliaban. Ella decía que él la maltrataba, que le gritaba cosas ofensivas; él, que ella le mentía, que le contaba a la gente que era su mujer y que estaba siempre manipulándolo para tenerlo con ella, en su casa, sin que viera a nadie más.

Clarisa murió cinco años más tarde, de un cáncer al colon. Minutos antes de que muriera, arrasado por las lágrimas, Javier le pidió que por favor lo esperara «allá arriba», que él la seguiría pronto.

Julián

Después de lavarme la cara, salí a una de las piezas de invitados. Había tres personas más en ese cuarto grande y luminoso que miraba a los campanarios de la iglesia de La Merced. Estaba dedicado a la exhibición de muebles de dormitorio. Un tocador con marquetería de flores en la cubierta, espejo ovalado y cajones de raíz de nogal se veía tan magnífico como inútil para nuestros tiempos. La imagen de mi madre ante el tocador moderno donde se pintaba se sumó a la sensación de pérdida. En una esquina había un secreter victoriano, bastante pesado de aspecto. Más allá, una cajonera estilo Luis XVI, alta y estrecha, coqueta, diría yo. A lado y lado de la cama de formas curvas en caoba, flotaban dos discordantes veladores de estilo compañía de indias. Para recobrar la tranquilidad, me quedé contemplando el paisaje campestre de una tapicería d'Abausson, a la que el sol de dos siglos le había quitado los tonos de verde, dejando solo una suave gama de rosas y ocres.

—¿Te gustaría vivir en un lugar así? —me preguntó una voz.

Julián se había transformado en un típico hombre al pasar de la cincuentena. Bajo, panzón, con entradas en la frente y venitas en las mejillas, aunque seguía brotando de él un inesperado aire de juventud. Debajo de la gordura aún se insinuaban los músculos y la fuerza que adquirió como una manera de no conformarse con ser el chico feo entre sus primos delgados y esbeltos.

—Yo viví aquí, pero sin todos estos muebles.

—Yo sé que vivías aquí, pelotudo. Vine varias veces, ¿o no te acuerdas? Un lugar como el de la tapicería, digo yo.

—Ah, sí, claro que sí —dije desviando por un segundo la vista hacia la casa emboscada—. ¿Pero qué haces en este remate?

—Nada. Vine acompañando a mi tío que quiere comprar un cuadro. No sé para qué me trae. No sé de cuadros y no tengo plata para comprar ni un florero. Trabajo para él, soy yo el que después tiene que hacer el cheque.

—El tío Pedro.

—Sí, él.

Ese tío debía de tener unos ochenta años y había sido el padre putativo de Julián. Después se había convertido en su jefe, en una relación a la que no le quedó nada de paternal. Los padres de Julián Santana habían muerto en un accidente de auto cuando él aún no cumplía dos años. Su tío lo acogió en su casa, que estaba justo enfrente de la mía. Nos conocimos jugando en la calle, primero al alto, las naciones, la pinta y la escondida, y ya más grandes, al tenis, a las carreras y a echarle agua al carburo, para hacer saltar los tarros de leche Nido por los aires. Alrededor de los doce años empezamos a jugar sexualmente. A los diecisiete dejamos de hacerlo.

—¿Cómo está Alicia?

—Bien, adorable, como es ella. Y los niños, geniales. El mayor tiene veinticuatro y ya se recibió de psicólogo. Y la segunda se casó y me hizo abuelo. Ya no te invito a la casa porque sé que te da lata.

—No me da lata, ¿por qué dices eso?

—Porque tu vida es más movida que la nuestra. Nosotros somos familia, hablamos de nuestras cosas, cosas familiares.

—Pero a tu familia siempre la he querido. La última vez que me invitaste no pude ir porque estaba por sacar un libro y tenía un montón de cosas que hacer.

—Hueón, ni me hablís de tu último libro.

—¿Lo leíste? —pregunté sorprendido. No pensé que les prestara atención a mis novelas.

—Leí hasta la página en que salgo yo. No pude seguir. Me dieron ganas de matarte.

—Pero, Julián, tú no sales en la novela.

—Ah no pos, hueón, ese compañero de curso con el que... Soy yo, ¿o no? Cualquiera se da cuenta.

—Pero tu identidad está protegida. Tú sabes que eres tú, pero nadie más puede deducirlo.

—¿Tú crees que la Alicia, si lo lee, no se va a dar cuenta?

—No tendría por qué. El tipo no se parece a ti, no tiene una historia familiar como la tuya, no calzan los años.

—Nosotros no tuvimos esa clase de relación.

—Eso es lo único verdadero de todo el libro. Nosotros sí tuvimos esa clase de intimidad. Y fuimos amantes durante al menos tres años. Aunque saliéramos de la pieza y nos hiciéramos los locos.

—Ya, hueón, córtala. No hay para qué andar acordándose de esas hueás. Lo único que falta es que aparezca mi tío y se entere por boca tuya de lo que hacíamos en la pieza del fondo.

—¿Te molesta haber sido esa persona?

—No fui esa persona. O, mejor dicho, esa persona no existe. Tengo mujer, tengo hijos. Lo otro quedó enterrado y nunca más me han dado ni ganas de mirar siquiera. Y jamás he dicho nada de que tú lo seas, al contrario. Siempre he tenido la mejor de las ondas contigo y aperré desde el principio, cuando todos te pelaban y se viraban.

—Habría faltado más.

—Pero, hueón, dame algo de crédito, podría haberme apanicado y haber arrancado a perderme.

—Después de todo lo que hicimos... Bueno, solo te digo que me esforcé para proteger tu identidad, como no lo he hecho con nadie. Mis hermanos me habrían agradecido la décima parte de la consideración que tuve contigo.

—Ya, ¿y tú cómo estái?

—En la vida, en general, bien, pero hoy he sentido una mezcolanza de emociones, no sé, una inquietud. Recién estaba acordándome de los primeros años con Alberto.

—Pero ¿agobiado? Harto bien que lo pasaban en esta casa.

—Antes de eso, en Colón.

—En esa época nos veíamos más que ahora.

—Es que armamos vidas distintas. Los niños cambian las cosas.

—Mis cabros son lo mejor. Son más altos y más inteligentes que yo —dijo y se rio.

Era cierto que su mujer y sus hijos eran un regalo. Siempre quiso tener su propia familia, no una prestada, como la de su infancia. Con Alicia se habían conocido en un bus, el 26. Él lo tomaba en Merced, cuando salía del Sagrados Corazones de Alameda y ella tomaba el mismo en Providencia, cuando salía del Compañía de María. Julián se bajaba frente a la iglesia de Vitacura y ella seguía rumbo a su casa, que quedaba en la Villa El Dorado. Un día Julián decidió seguir y bajarse donde fuera que ella se bajara. Una vez que los dos estuvieron en la vereda, se saludaron y se quedaron conversando en el paradero un rato largo. Al final de ese año, Julián la invitó a su graduación. Había repetido un curso e ingresado tarde al colegio, por lo que se graduó al borde de cumplir veinte. Entró a trabajar con su tío a la ferretería ese verano. Alicia salió del Compañía de María al año siguiente, estudió educación parvularia un semestre y luego se casaron. Tuvieron cuatro hijos, todos herederos de esa naturalidad innata de los padres, una suerte de humildad respecto de la vida que no los incitaba a anhelar más de lo que tenían ni a rebelarse contra los problemas que enfrentaban. Alicia era una mujer generosa, cercana, y

Julián estaba loco por ella. Es raro, pero ni siquiera cuando éramos amantes dudé de la heterosexualidad de Julián, podía sentir que la manera en que buscaba a las mujeres era diferente a ese instinto puramente sexual que desahogaba conmigo. Nos encontramos en ese momento de la adolescencia y nos sacamos las curiosidades y las calenturas del cuerpo, nada más. Él no quiso ser el hombre que yo fui, yo no quise ser el hombre que fue él.

—Y son guapos, si no te escandaliza que lo diga.

—Pa na. Son unos rebeldes, pero adorables conmigo y su mamá. ¿Y a qué se debe tu inquietud?

—No sé, he estado todo este rato pensando en mi pasado. Debería estar contento y orgulloso, pero no puedo evitar la sensación de que algo anduvo mal.

—Pero hueón, es normal, cacha el medio viaje que te pegaste. Érai un niño ganso y mateo, pololo de puras muñequitas, el yerno ideal para las suegras, más católico que tu mamá, y eso que tu mamá andaba cagando santos. Y pasaste a ser escritor y activista gay. Erís otra persona, con la misma esencia, buena gente, pero otra persona. Aunque no tan buena gente ahora, que te ha dado por contar la vida de los demás.

Con Julián teníamos a mano esa suerte de atajo que nos permitía desembocar en una conversación íntima de manera imprevista, aun cuando no nos hubiéramos encontrado en mucho tiempo.

—Me he vuelto envidioso, misántropo, no tolero las estupideces de nadie. Siento que hay algo que no solucioné —dije mirando la tapicería con nostalgia—. Como si todavía fuera dos personas.

—¿El tú de hoy y el santito?

—No, todo lo contrario. El yo de hoy y una parte mucho más necesitada y resentida.

—Yo creo que hai ido demasiado a terapia.

—¿Cómo crees que estaría si no hubiera ido a terapia?

—Pero conténtate con lo que tienes. Yo tengo a mi mujer y a mis hijos. Y tengo trabajo. ¡Ya está! Tú tienes pareja, porque me han dicho que estás viviendo con un pendejo genial, tienes reconocimiento y un oficio. No hay que pedir nada más.

—Si fuera así de sencillo.

—Hueón, es así de simple.

—Y sin embargo estoy en esta casa, donde por primera vez me sentí libre, y me siento amenazado. Entro a las piezas con miedo.

En eso llegó el tío de Julián. Hizo como si no nos hubiera visto y se concentró en los muebles expuestos.

—Hola, tío —dije en voz alta—, ¿se acuerda de mí?

Había aprendido a decirle así de niño, contagiado por el trato que le daba Julián. Pero ese día lo dije en tono burlón. Se movió de forma recelosa al cruzar el cuarto, sin esa franqueza de modos que acostumbra a traer la vejez. Me pasó la mano de medio lado. Tenía su pelo blanco, menos las mechas sobre la frente, que parecían manchadas de nicotina.

—¿Así que ahora te dedicas a escribir?

Resentí el tono despectivo con que lo dijo.

—Así es. Podría leerme. Algunas de las novelas pasan en nuestros barrios. Hasta podría reconocerse en algún personaje —yo mismo me sorprendí de la sorna que era capaz de emplear en su contra. Nunca lo había querido, ni toleraba el trato autoritario que le daba a Julián.

—Tengo cosas mejores que hacer, como leer a Sándor Márai, por ejemplo. Comprenderás que entre él y tú no hay dónde perderse. ¿Vamos, Julián?

—¿Y va a comprar el cuadro? —le preguntó este a su vez—. Guillermo puede darle su opinión. Sabe harto de estas cosas.

—Ya le pregunté a un experto. Es un bosquejo que hizo Somerscales para un cuadro más grande.

Se nota en la pincelada gruesa. Me dijo que el mínimo estaba dos millones por encima de lo que debería estar. Así que no, no lo voy a comprar. Vamos. Me dicen que hay protestas afuera del local de Puente Alto. En una de esas tenemos que cerrar.

Julián me dio un abrazo antes de irse.

—No escribái más hueás de mí —me dijo al oído al salir.

Lucrecia

La segunda habitación de invitados resultaba ser una mezcolanza de estilos, muebles Napoleón III junto a mesitas georgianas y un juego de asiento Luis XV, con la tapicería de seda rasgada. A ese cuarto lo llamábamos la pieza de los jales, porque era la más privada de todas y porque tenía un sofá donde sentarse y una mesa con cubierta de espejo delante, en la que podía volcarse el papelillo para hacer las líneas sin perder nada. Volví a ver a Lucrecia sentada en el suelo, con las piernas extendidas hacia un costado, sus huesudos pies libres de los tacos, jalando con un lápiz bic en un gesto que mezclaba aprensión y picardía ante lo que estaba por hacer.

A principios de los noventa, Alberto y yo habíamos tenido un periodo en que jalábamos casi todos los fines de semana, provistos principalmente por Urrejola o alguno de sus amigos. Nuestra manera de ponernos un límite había sido prometernos que jamás compraríamos. El resultado de esos meses de fiestas continuas fue que solo veíamos a gente con la que podíamos jalar y al parecer nuestra simpatía se agrió. Con una sinceridad que nadie practicaba en Chile, una noche antes de irse, un amigo cubano nos dijo que nos habíamos convertido en los seres más antipáticos de la ciudad, cargados de gruesas ironías al estilo de Urrejola, y que la gente ya no nos llamaba «las ricas y famosas», sino «las locas más pesadas de Chile». Después de esa conversación, y de tomar en cuenta que nuestros estados de ánimo se habían estropeado, y de ponderar que ya no nos divertíamos como antes yendo al cine o cocinando, decidimos dejar la cocaína. No fue una determinación a rajatabla, de vez en cuando nos pegábamos una línea invitada en un baño en medio de una fiesta, pero salió de nuestra rutina social con bastante más facilidad de lo que esperábamos.

A Lucrecia la conocí años más tarde, a través de un amigo diseñador que también estaba escribiendo su primer libro y que me alentó a que dejara de trabajar como ingeniero. El recuerdo de Lucrecia está rodeado de brillo, de un halo que antes se les suponía a los santos. Quizá las imágenes canónicas provengan de esta clase de admiración. Y no porque se vistiera particularmente bien, no salía de su vestidito negro o de sus túnicas mientras trabajaba en su taller de fotografía, ni porque fuera particularmente bella, sino por sus gestos, sus ademanes, sus modales y esa risa que era capaz de reflotar una ciudad sumergida. En su trato, jugaba con una mezcla de indiferencia y desenfado, de cariño y desafío, de inteligencia y ternura, de altivez y picardía. Cuando se movía por su departamento que miraba al Parque Forestal, descalza, sin sostenes y con el vestido de lino que insinuaba su cuerpo en cada juego de luz, yo admiraba la naturalidad de sus movimientos, como si nada de lo que hiciera le significara esfuerzo alguno. Una vez sentada, desplegaba las piernas a un costado, una encima de la otra, apoyando la planta de un pie sobre el empeine del otro, y se entregaba a la conversación. Fumaba con placer, comía con ganas, se reía a mandíbula batiente, gritaba a veces, cada gesto realizado con espontaneidad, milagrosamente encerrado dentro de un límite, como si no supiera ser exagerada ni menos grosera. Podía ser expresiva, ardiente en una discusión, apasionada políticamente, incluso podía ser majadera acerca de una idea que se le había metido en la cabeza, y aun así no perdía ese aire inmortal que la señalaba. El entorno parecía no tocarla, no ensuciarla, no perturbarla y, sobre todo, no contrariarla. Todo se le daba bien. Con su primera exposición había despertado gran entusiasmo entre críticos y fotógrafos. Luis Poirot escribió un largo artículo para Artes y Letras alabando la síntesis de sentido y significado que lograba con sus fotos en blanco y negro, volviéndolas simbólicas sin que la gestualidad ni la disposición de sus retratados delataran premeditación. Yo había visto esa muestra sin conocerla y me había conmovido. Incluso pensé que quizás algún día podría pedirle una foto para la portada de uno de mis libros. Para mí ella fue un descubrimiento, porque hasta entonces había pensado que la belleza nacía de una especie de desapego, que consistía en una forma de indiferencia o desdén. En su caso, mientras más involucrada se hallaba en una situación, o con una idea, o una persona, o una imagen, más relumbraba.

Como en todas mis amistades, apreciaba también su humor, que no tenía nada de liviano ni de sutil, como uno esperaría de una persona «elegante», sino que era bastante oscuro y a veces procaz, aunque las procacidades en su boca no tuvieran el peso de cuando otros las proferían. Seguramente todavía conservo este recuerdo tan rendido de sus virtudes y encantos porque ella me hacía sentir inteligente y divertido, sin nunca adularme, sino prestándome una atención que hacía que de mí saltaran las palabras, los argumentos y hasta las bromas ingeniosas. Me sentía escuchado, acompañado y celebrado, todo a la vez, gracias a esa manera de estar unida con su intelecto y sus emociones a lo que fuera que estuviéramos haciendo. Esa audaz forma de atención brotaba de sus vibrantes ojos negros, que parecían confesar que no se guardaba nada, que esa energía que transmitían era su esencia. A su lado yo me sentía como un perro pulguiento, siempre tocándome la nariz, siempre ensuciando mis frases con comentarios circunstanciales o inútiles, siempre rascándome el pelo o quejándome de algún asunto doméstico sin importancia. Ella no padecía de ninguno de estos quiebres, o interrupciones, o caídas, al contrario, daba siempre con la nota correcta, con el tiempo apropiado, incluso en los momentos de mayor intensidad y arrebato.

Era hija de un hombre riquísimo que valoraba su vocación artística y le daba todas las posibilidades para desarrollarla. Para que tuviera su casa y su taller, le había comprado ese departamento frente al Parque Forestal y financiaba la mayoría de sus gastos. Nunca lo conocí, pero por las historias de

Lucrecia no daba la impresión de ser un hombre cariñoso; sin embargo, les había dado a sus hijos una educación estética inigualable. Cada verano sin excepción los llevaba durante dos meses a Europa y les llenaba los oídos con la historia del arte occidental, que conocía hasta en sus más sorprendentes detalles. Y también Lucrecia había recibido una buena educación literaria, porque su madre había sido profesora de filosofía. Hablábamos de libros con una especie de brecha en el respeto que el autor o la autora despertaba en cada uno. Se reía de mi «reverencialismo». Ella hablaba de Neruda como si fuera su vecino y decía que la Bombal la dejaba fría. Prefería en general a los poetas antes que a los narradores: Gabriela Mistral antes que Manuel Rojas, Huidobro antes que D'Halmar, Zurita antes que Eltit. Una vez llegué a su casa y Raúl Zurita estaba sentado en el living. Mi cara la hizo soltar una carcajada.

—Si no es un dios, es Zurita no más.

—Para mí fue muy importante *Anteparaíso* —dije al momento de darle la mano al poeta.

—¿Por qué? —preguntó él, girando la cabeza de abajo hacia arriba.

—Antes de contestar —dijo Lucrecia—, me tienes que decir qué quieres tomar.

—Vino tinto —y dirigiéndome a él, me expliqué—: Por dos razones. La primera es que me dio la esperanza de que se puede ser ingeniero y un buen escritor. Y la segunda es que esas cordilleras y ríos y costas y desiertos me quedaron grabados hasta hoy. Desde entonces veo el paisaje de Chile de otro modo, aumentado, no sé, más verdadero, más dolido, más mío.

—Lo escribí cuando tenía 34 años, más o menos tu edad, y me salió de los tuétanos.

—Eso se siente al leerlo.

Éramos ocho a comer esa noche. Lucrecia se desentendía de vez en cuando de la conversación para poner sus ojos sobre mí y observar mi entusiasmo casi infantil por tener al poeta a mi lado y sentir que le interesaba lo que yo pudiera opinar.

Su casa estaba llena de originalidades. En su living tenía una vieja mesa de arquitecto con una serie de objetos dispuestos sobre la cubierta forrada en tela plástica. Tres muñecas portuguesas, un modelo de mano para pintores, cajitas de rapé, cientos de lápices metidos en un pote, libros de fotografía apilados y un muñeco de trapo precolombino que parecía flotar dentro de una caja de acrílico. Los sofás estaban cubiertos por lonas, cuando las lonas todavía no se ponían de moda.

La mesa de centro era una antigua puerta colonial, de esas que se recortaban dentro de los grandes portones para no tener que abrirlos enteros cada vez que alguien entraba o salía. Y desde el techo, junto a una pared, colgaba el esqueleto de un delfín, esculpido en madera clara. Amaba esa casa.

Nos gustaba ir a un pequeño restorán peruano que se había abierto en el barrio de Lastarria, el Cocoa, que no tendría más de seis mesas en invierno y diez en el verano. Quedaba al costado de un pasaje peatonal que hasta entonces ocupaban tiendas de artesanos. Apenas nos sentábamos, pedíamos ceviche y un pisco sour catedral para cada uno. Por lo común terminábamos rodeados de la gente de otras mesas, la mayoría vecinos, con los que ella había hecho amistad antes que yo. Al final de la noche, hasta los dueños del local se sentaban con nosotros y se daban una buena risa.

En un principio pensé que ella podría sentir algo más que amistad por mí. El momento más tirante fue en la terraza de su departamento, una tarde en que estábamos mirando el sol poniente pasar por encima de las copas de los árboles del parque. De pronto ella se acercó a mí y me dio un beso en la boca, solo con los labios.

—Me siento feliz cuando estamos juntos...
—dije de manera torpe, como queriendo explicarme por no responder al beso.

Creí que ella me iba a interrumpir diciendo que no era necesario decir nada, pero me dejó seguir, con la mirada brillante y la sonrisa plena de complicidad.

—Con nadie lo paso como contigo, pero no es algo físico. Por ahí no.

—Tampoco es para tanto —dijo riéndose—. Tenía ganas de darte un beso y punto.

La abracé, se dejó abrazar.

Jalábamos de vez en cuando. Una vez cada dos meses, o tres. En nuestra casa subíamos con Alberto y con alguien más si es que estaba en el secreto. Lucrecia hacía las líneas sobre la espejeante superficie, mientras hablaba del tema que nos tuviera comprometidos, sin darle mayor ceremonia al hecho de drogarse. Es un paso largo o un pequeño salto, parecía decir, nada del otro mundo. La cocaína la volvía divertida e inquieta y de su boca comenzaban a salir juicios que nacían de un lugar original, nada que uno pudiera encontrar ni en las conversaciones cotidianas, ni en la prensa ni en los libros. Su apasionamiento para argumentar la hacía más bella aún, las pupilas dilatadas volvían sus ojos más negros.

En alguna fiesta conoció a un grupo de mujeres que vivían en el barrio, con las que llegaría a juntarse seguido. Una de ellas se llamaba Gigliola Imperatore: coqueta, de voz cascada, ojos verdes, pelo crespo y largo sobre la espalda. La segunda era Frederika Holzmann, una teutona de cuerpo fuerte, lesbiana, deportista, rubia encandilante. La tercera, Daria Kuzmanic, tenía la piel morena, los ojos azules enormes, como despabilados por un susto, y daba opiniones insistentes y atropelladas. Lucrecia las bautizó como «las tres gracias extranjeras», aunque las familias de cada una llevaran más de un siglo viviendo en Chile.

Al principio pensé que la intensidad con que se hicieron amigas sería parecida a la que vivimos ella y yo, una en la que cupieran el resto de nuestros amigos. Pero cada vez estuvo menos disponible a mis llamadas y mis invitaciones. A Alberto le llegó el rumor, a través de una conocida de Frederika, que se juntaban a jalar. De hecho, Frederika era conocida por su adicción.

Una noche nos encontramos en el Cocoa. Alberto y yo llegamos cuando ellas ya estaban ahí. Lucrecia nos saludó con su entusiasmo de siempre y las demás estaban notoriamente achispadas. Nos invitaron a sentarnos con ellas. Hablaban las tres al mismo tiempo, mientras Lucrecia se reía de sus disparates y solo lanzaba algún comentario ingenioso de vez en cuando. Eran muy desenfadadas respecto a su sexualidad y hablaban con una libertad que cualquier chilena de colegio de monjas les habría envidiado. Yo tenía mucha hambre y llamé al mozo para que pidiéramos de comer. Lucrecia dijo que habían picado algo en la casa de Gigliola antes de salir y que no tenían hambre. Cada cierto rato alguna de ellas se paraba al baño que quedaba en el segundo piso, al que se accedía mediante una escalera de fierro que claramente había sido embutida ahí para darle más espacio al pequeño local. Lucrecia me miraba en busca de la aprobación de sus nuevas amigas y, si bien sonreí y participé animadamente, mantuve cierta reserva al responder a esa mirada, un gesto que estaba seguro de que ella comprendería.

Pocos días después vi a Gigliola y Daria en el balcón del departamento de Lucrecia, fumando en sostenes y jeans, un martes de invierno a mediodía. Las saludé desde el parque, pensando que les avivaría el pudor y las obligaría a cubrirse o a meterse dentro, pero ellas respondieron al saludo como si no hubiera nada de raro en la escena, dando voces y pidiéndome con las manos que subiera. No lo hice, ni siquiera por curiosidad.

Un mes más tarde, Lucrecia me llamó excitada para anunciarme que estaba saliendo con Pilo Armanet, el arquitecto que nos había ayudado a Alberto y a mí a remodelar el departamento.

—Qué bueno —dije yo sinceramente—. Es muy guapo. Tiene pinta de vikingo, pero pasado por un torno y después lavado hasta dejarlo impecable. Como si estuviera hecho de madera escandinava, como tu delfín. ¿De verdad te gusta? Es más callado que tú, más introvertido.

—Me encanta. Con todo lo que hablo yo, basta. Y me trata como a una reina. Es un poco dominante, eso sí, le gusta que yo lo siga en las cosas que quiere hacer. Y yo no soy muy dócil que digamos. Tú lo conoces más, ¿crees que vamos a calzar?

—Es llevado de sus ideas. Y mandón. Aquí retaba a los maestros con unas miradas que hasta a mí me daban susto. Y si le llevaba la contra en algo, se ponía serio y se callaba más todavía. Pero es un tipo creativo, inteligente, con un ojo único. Es bien genial en lo que hace.

—Bueno, no cualquier hombre de este país se atreve a pololear conmigo. Ya que se atreva es harta gracia.

Los invitamos a comer. Esa noche jalamos los tres, menos Pilo. Pero no subimos a la pieza de los jales, Lucrecia hizo las rayas sobre la mesa de mosaico que teníamos en el centro de la biblioteca. Él prefirió fumarse un pito y reírse del entusiasmo fatuo que nos consumió. Yo estaba contento porque tenía la ilusión de que podríamos formar esas duplas de parejas que se complementan bien entre ellas y porque de un modo u otro Pilo la sacaría del círculo de las gracias extranjeras.

Pero las tres gracias siguieron rondando a Lucrecia y yo la veía cada día más delgada, más distraída y sobre todo más inquieta de corazón. A veces me llamaba a mitad de la tarde y me hablaba sin parar una hora, dándoles vueltas a comentarios que había escuchado de Pilo, o de su familia, o si yo sabía lo que Pilo pensaba de ella, o si había oído alguna intriga de su pololeo. También me hablaba de los enredos de las tres gracias, de sus amantes, de cómo Frederika quería acostarse con ella, pero que ella solo dejaba que la tocara «un poco». Otra vez me llamó casi gritándome, diciendo que yo había dicho que ella estaba jalando más de la cuenta. Y por más que traté de persuadirla de que no había sido así, no salía de su enojo. Me pedía que le probara que no había sido yo, que llamara a la persona que le había hecho el comentario. Cuando la conocí, las habladurías no tenían lugar en su vida.

Un día Pilo me llamó preocupado. Lucrecia lo había invitado a que fuera con ella al cumpleaños de su padre. Sería su presentación oficial a la familia. Llegó a buscarla a la una y media de la tarde, como ella le había pedido, pero nadie atendió el citófono de la calle. Le preguntó al conserje si sabía algo y este le contó que la había visto salir cinco minutos antes «con la niña rubia esa». Pilo no paró de llamarla al celular, pero Lucrecia no respondió. Luego llamó a Frederika y tampoco contestó. Llamó entonces a Gigliola. Seguramente habían ido donde el Charrúa, le había dicho ella sin ningún filtro. ¿El Charrúa? Sí, el Charrúa, el dealer. Tiene un departamento en esos blocks de la calle Lira con Curicó. Creía que era el 304, pero a veces se confundía. Pilo fue hasta allá. Cuando tocó el timbre del departamento, contestó un tipo con acento rioplatense, pero Pilo me aseguró que en un segundo plano alcanzó a oír la risa de Lucrecia. Después de un silencio, también medio a la broma, el Charrúa le había contestado que Lucrecia no estaba allí. Pilo decidió esperar a que salieran. Pero escaparon por una ventana que daba a la escalera de emergencia del edificio y salieron por una puerta trasera. Lucrecia no respondió el teléfono en todo el día. Luego vinieron las lamentaciones, no sabía lo que le había pasado. La culpa la tenía

Frederika, tan dominante que era, no había manera de decirle que no. Que la perdonara, que no iba a jalar más, que su familia no podía enterarse.

Pero su familia se había enterado de la peor forma. Pilo le había contado a la madre la misma secuencia de hechos que a mí. Lucrecia lo consideró una traición. Para Pilo ya se había hecho evidente que ella tenía un problema y que la mejor manera de controlarla era que su familia y sus amigos se enteraran. Por eso me estaba llamando a mí también.

Al rato me llamó Lucrecia. Gritaba al teléfono. Era todo mentira. Pilo se había vuelto tan posesivo que quería tenerla encerrada en la casa. Y además era tonto, porque tenía celos de Frederika. Le había contado ese cuento a todo el mundo para quedarse él de buenito y así tenerla bajo su control con el beneplácito de los demás. Ella no iba a tolerar a un milico en su vida.

Después de tres semanas sin verse, volvieron a salir. Pilo tenía un matrimonio en Santo Domingo y le pidió que lo acompañara. Al parecer, durante la fiesta Lucrecia se había puesto agresiva con otra mujer de la mesa donde estaban sentados y le había gritado que era imposible que una mujer así de fea y de siútica entendiera de qué estaban hablando. Esa mujer era tía de Pilo. Él tomó a Lucrecia a la fuerza, la sacó de la fiesta y la subió al auto. Volverían a Santiago. Pilo estaba loco de rabia y manejaba a 180 kilómetros por hora, mientras Lucrecia le gritaba que no quería volver, que fuera más despacio, que quién se había creído. En un punto, ella comenzó a destruir la radio del auto, haciéndole trizas el visor con sus tacos de aguja. Pilo hizo el ademán de golpearla y ella abrió la puerta y amenazó con tirarse. Entonces Pilo la golpeó de verdad. Luego se detuvo en la berma para cerrar la puerta y poder reemprender el camino, mientras ella lloraba ovillada en su asiento. Así fue como él me contó la historia, pero la primera noticia que yo tuve del incidente fue a través de Lucrecia:

—Pilo me pegó —llamó llorando a mi casa a las doce de la noche de un sábado. Alberto y yo estábamos en cama, a punto de dormir.

—¿Cómo que te pegó?

—Me pegó. Venme a buscar.

—¿Dónde estás?

—En la casa de la Gigliola.

Se oían voces alrededor. Alberto seguía la conversación desde su lado de la cama y me hacía el gesto circular en torno a su sien, diciéndome que Lucrecia se había vuelto loca.

—¿Estás con alguien más?

—Me pegó, me pegó.

—Pásame a Gigliola.

—Hola, Guillermo —dijo Gigliola.

—¿Cómo está?

—Con un ojo como papa.

—¿Están solas?

—No, aquí está Juan Requena y la Tere Missana, la Frederika y la Daria. Le hemos ofrecido llevarla a la clínica, pero no quiere.

—Ponla de nuevo al teléfono.

—Venme a buscar.

—¿Quieres que te lleve a la clínica?

—No.

En ese momento tuve rabia con ella, no con Pilo. Tuve la sensación de que quería tragarme también a mí en su pequeño drama, involucrarme para que me enfrentara a Pilo en su nombre.

—¿Llamaste a tu mamá?

—No. Venme a buscar.

—Estamos acostados. Si no vamos a ir a la clínica y si no vamos a llamar a tus papás, no sé para qué quieres que te vaya a buscar.

—Porque me quiero ir a mi casa —seguía lloriqueando.

—Vives a una cuadra. Dile a la Gigliola que te acompañe. Diles a todos que te acompañen.

Soltó un último sollozo y cortó.

Miré a Alberto.

—Voy a tener que ir.

—¡Qué te vai a ir a meter ahí! Esa mujer está rayá. Están todas locas, las cuatro.

—Me rogó que la fuera a buscar.

—Es para puro armar lío. Llama a Pilo y pregúntale qué pasó.

Lucrecia no volvió a ver a Pilo y dejó de hablarme durante meses.

Nos volvimos a encontrar en el Cocoa. Estábamos en la terraza, durante una agradable noche de verano. La acompañaba un hombre bronceado y fornido, que en mi tiempo había sido el rey de las discotecas, una especie de machote profesional de la vida nocturna, mujeriego, medio matón. Al lado de Lucrecia, que estaba más flaca que nunca, se veía enorme y tosco. Era dueño de una compraventa de autos o algo así, una clase de hombre que, en su sano juicio, Lucrecia habría despreciado por filisteo. Estaba también Gigliola, junto a otro tipo del mismo corte.

Comimos en mesas separadas, pero Lucrecia insistió en que después fuésemos a nuestro departamento. Caco Martínez tenía que conocerlo, porque era «el departamento más lindo de Santiago».

Apenas llegamos, Martínez sacó un papelillo de cocaína enorme, no sé, con cinco gramos por lo menos, y vertió una buena parte sobre la mesa de mosaicos. Encendida por alcohol, Lucrecia lanzó una carcajada, celebrando las intenciones de Martínez y riéndose de mi cara de impresión. Esa noche jalamos todos y quizá sea el jale del que más me arrepienta en toda mi vida. Ya no era un juego, ni una diversión. En el estado en que estaba Lucrecia, hacerme cómplice de su adicción resultaba una gigantesca irresponsabilidad de mi parte. Ella jaló con su estilo tan femenino, con cierta aprensión, sentada en el suelo, con sus piernas extendidas hacia un costado y las sandalias bordadas colgando de la punta de sus pies. Me desagradó ver la mano enorme de Martínez acariciándole las piernas. Mi último recuerdo de esa noche es de ella ofreciéndonos alprazolam de un milígramo a cada uno, para que pudiéramos dormir. Se reía de sí misma repartiendo el tranquilizante, como una actriz de comedia que entra en escena simulando que está borracha. Al día siguiente, cuando me levanté a ordenar las copas, me encontré con que Martínez había dejado un buen resto de cocaína en la mesa y una tarjeta de afiliado a una compañía de seguros: Carlos Martínez Concha, con su RUT y número de póliza. Por alguna razón misteriosa, esa tarjeta se ha ido moviendo conmigo de casa en casa y cada vez que me la encuentro pienso que es un recordatorio para que me mantenga prevenido. Fue ella, pero pude haber sido yo. Si mi vida hubiera estado menos ordenada, si no hubiera tenido a Alberto a mi lado, si no hubiera tenido ese hogar y el entusiasmo que me despertaba la literatura, lo más probable es que hubiera caído también.

Un mes más tarde, sus padres entraron a su departamento acompañados del equipo médico de una clínica especializada en adicciones. La misma madre me contó después que la encontraron con treinta y ocho kilos de peso y tuvieron que llevársela con camisa de fuerza. Y agregó con voz ronca de rabia y cigarro:

—Ella no te perdona que no la hayas pasado a buscar esa noche en que Pilo le pegó. Fuiste bien miserable.

Yo acepté el reproche, pero no precisamente por ese altercado, sino por la indolencia con que me fui desentendiendo de ella a medida que enfermó. El doctor dijo después que las personas que se habían peleado con Lucrecia habíamos sido los buenos de la película, porque nos habíamos enfrentado a sus desafueros y le habíamos hecho ver que actuaba mal. Pero esa explicación no me reconfortó, al contrario, me hizo sentir aun peor. A fin de cuentas, me había quedado a mitad de camino, sin gritarle a la cara el daño que se estaba haciendo y sin haber corrido a protegerla cuando comenzó a abandonarse a sí misma. Todo por salvarme y no contaminarme, por mi comodidad, por no verle la cara fea a las cosas. Así también he sacado la vista de la pobreza, de la necesidad, de las indignidades que sufren quienes ofenden mi pureza mal habida.

Luisa

En el lugar más alejado del perímetro de las ventanas y terrazas que daban a Santa Lucía y a Merced, al costado izquierdo de la puerta de entrada y del hall de los ascensores, corría como una espina dorsal la escalera de servicio que iba desde la cocina en el primer piso hasta la buhardilla en el tercero. Sergio Larraín García-Moreno, que construyó El Barco en sus primeros años como arquitecto, el que fuera luego el creador de la escuela de arquitectura de la Universidad Católica y fundador del Museo Precolombino, había diseñado ese departamento para que su madre viviera ahí. Al parecer ella tenía una gran cantidad de empleados y necesitaba espacio para ellos. Pero doña Raquel, como la llamaba Talo, jamás quiso irse a vivir ahí y prefirió permanecer en su vieja casa. En la pieza de servicio del primer piso nosotros habilitamos un lavadero. En el segundo piso estaba la pieza de Luisa, nuestra empleada puertas adentro, que tenía un baño y una pequeña salita de estar. En el tercero, en el espacio que en su momento estuvo pensado para los empleados hombres, un mozo y un chofer, yo armé mi escritorio.

Cuando nos cambiamos ahí, Luisa ya llevaba tres años con nosotros. Era una mujer baja, morena, de cuerpo ancho, ojos grandes y una trenza de pelo negro y gris que le llegaba a la cintura. Fuera de Chile, podría haber pasado por hindú. Una cinta oscura recorría sus ojos y se proyectaba hacia sus sienes. Venía de Salsipuedes, un poblado de la región de O'Higgins, cerca de Rengo, y había buscado trabajo ya de cierta edad, cuarenta y cinco años creo yo, cuando su marido la abandonó y quedó a cargo de su hijo Rodolfo —que tenía una enfermedad invalidante en los ojos— y de sus cuatro nietos. Su única hija había tenido a cada uno con un hombre distinto, sin que ninguno de ellos asumiera su responsabilidad como padre. Para hacer las cosas peor, la hija se había ido de la casa con su nueva pareja, embarazada de un nuevo niño que Luisa se negaba a conocer. Cuando la entrevisté para el trabajo, le pregunté por qué prefería estar puertas adentro y me dijo que ya no tenía edad para trabajar en el campo, que su hijo podía ser el dueño de casa mientras ella estaba más tranquila sin tanto chiquillo alrededor y, al vivir en la casa con nosotros, podía ahorrar todo su sueldo y no gastar ni en alojamiento ni en comida. Luisa fue en cierto modo fundamental para nuestra decisión de comprar ese departamento, porque la sola idea de mantenerlo limpio habría sido abrumadora para dos hombres malcriados.

Luisa era evangélica y cantaba en un coro de hermanas dorcas que una vez al año iba de visita a otra congregación, a modo de paseo y de regalo para sus hermanos en la fe. Pertenecía a la Segunda Iglesia Pentecostal, la más conservadora de las distintas iglesias protestantes y una de las más encarnizadas en su condena de la homosexualidad. Le pregunté si es que le importaba que nosotros fuéramos gays y le expliqué que dormíamos juntos y que teníamos una vida de pareja en todo sentido, tal como un matrimonio. Dijo que no tenía problemas, pero tiempo después me confesó que le había pedido consejo a su pastor y que él le había dicho que, si éramos buenas personas, que no se preocupara, porque al final los que estábamos en pecado éramos nosotros y no ella.

Luisa vivía en un mundo violento. El terreno donde quedaba su casa, de unos veinte pasos de frente y unos cincuenta de fondo, era una sexta parte de la chacra donde su padre y su madre habían vivido gran parte de su vida. Al morir ambos, cada uno de los seis hijos se quedó con una porción, algunos habían vendido, mientras ella y sus hermanos Julio e Inés se habían quedado. Julio era huraño, vivía solo y no le gustaba que lo molestaran. Luisa les tenía advertido a sus nietos que ni se les ocurriera ir a meterse a su casa. Los terrenos estaban separados por un canal y esa era una frontera prohibida para ellos. Pero a veces, sobre todo cuando el canal se secaba, se pasaban los perros, las gallinas y los patos y, fiel a su carácter y a su odio contra los animales, Julio envenenaba a los perros, y las gallinas y los patos desaparecían sin dejar rastro o amanecían muertos canal abajo. Un lunes en la mañana, cuando llegué a tomar desayuno a la cocina, la encontré llorosa, lamentándose de que Julio había matado a su perro regalón, el que vivía dentro de la casa. Le pregunté por qué no se enfrentaba a su hermano, por qué no lo denunciaba, pero ella no quería peleas. La subdivisión del terreno no estaba inscrita legalmente y al parecer su terreno estaba a nombre de Julio. Años más tarde logró regularizar la propiedad y construyó una cerca de coligüe tupido que hizo imposible que ningún animal se pasara al otro lado.

En Salsipuedes, la mayoría eran parientes y Luisa los dividía entre los que habían encontrado al Señor y los «maleantes marihuaneros». Me contó, por ejemplo, que un sobrino de ella había entrado a robar a la casa de un vecino porque estaba necesitado de plata para comprar trago y droga. El dueño de casa, un viudo de ochenta y cinco años, se había resistido y el sobrino lo había terminado matando. Después se había arrancado y no se había sabido más de él. Algunos decían que «andaba pa'llá pa la Quinta de Tilcoco», trabajando en los campos. Me contaba estos hechos de sangre, acuchillamientos, golpizas y ataques de pandillas con una tranquilidad desconcertante. Para ella estas situaciones eran parte de la vida, no había nada de qué admirarse, así era la naturaleza humana y la única salvación ante tanta brutalidad era acercarse a Dios.

Por las mañanas, mientras trapeaba el piso, cantaba canciones religiosas con dulzura, fea voz y buena afinación, pero su trato resultaba más bien hosco y nuestros amigos le temían. El único con el que la vi reírse fue Cristóbal. No sé si se enteró de lo que ocurría con él. Tenía un sentido práctico de las cosas que resultaba de gran ayuda y no aceptaba hacer nada que resultara demasiado complicado. Cuando estaba de acuerdo, decía: «Eeeh», como el chirrido de una puerta. Cuando no, se le oscurecía el rostro y es cierto que adquiría un aspecto amenazante. Yo me llevaba bien con ella, porque sabía a qué atenerme. Era una mujer sin dobleces, con sus gustos y antipatías muy claras. Y con Alberto tenían una complicidad que los hacía celebrar a carcajadas las chanzas que se lanzaban el uno al otro. Cuando se sentía en confianza, Luisa se volvía conversadora y curiosa. Sus contertulios favoritos eran el maestro Jorge, que arreglaba cualquier problema que hubiera en el edificio, y los conserjes: Ramón, Luis y Juan.

De los cuatro nietos que vivían en su casa, tres eran hombres y la menor, Vanessa, era una niña de mejillas llenas, pelo crespo y cuerpo fuerte que me tocó conocer. Cuando cumplió seis años, Luisa comenzó a preocuparse por ella. Me dijo que tenía miedo por la niña, a que los amigos de sus hermanos le hicieran algo. Ella confiaba en Rodolfo y sus nietos, todos iban a la iglesia, pero la «cabra chica» había salido vivaracha y se le arrancaba pa la calle. Fue en ese tiempo que Luisa comenzó a tener ataques de colon irritable. A veces nos despertaba en el medio de la noche porque no daba más de dolor. Alberto se levantaba y la llevaba a la posta, donde le inyectaban antiinflamatorios y calmantes que le devolvían el alma al cuerpo. La niña crecía y, según Luisa, cada día se parecía más a su madre, por lo insolente y lo mal portada. Iba al colegio cuando le daba gana y se le escapaba a Rodolfo cada vez que podía. Llegó un tiempo en que Luisa no podía estar en paz, llamaba a su hijo a cada rato para saber si Vanessa estaba ahí, si había ido a la escuela, si había alguien cuidándola. Rabiaba cada vez que descubría que la niña se había escabullido de la vigilancia de su tío o de sus hermanos, volvía a tener ataques por las noches y no encontraba sosiego. Me planteó la idea de meterla al internado de carabineros de San Fernando. Yo pensaba que, si tenía a Rodolfo y a sus hermanos, lo lógico era que se quedara con ellos, pero Luisa porfiaba con esa idea. Los ataques se habían multiplicado, mientras los sucesivos doctores y exámenes seguían dando como único resultado colon irritable. Una noche que bajaba tarde de mi escritorio, la oí llorando a través de la puerta de su habitación. Golpeé y le pregunté si podía pasar. Me llegó su «eeeh» entre sollozos. La habitación estaba iluminada solamente por la lámpara de velador. Luisa estaba tendida en la cama, de cara a la pared, todavía con el delantal puesto, y solo volvió la cabeza para cerciorarse de que yo hubiera entrado. Me senté en el sofá desde donde veía la televisión. Por la ventana se colaba la luz de la ciudad. Lloró un poco más, sin volverse. Cuando noté que se calmaba, le pregunté:

—¿Está con dolor?

—No —dijo apenas.

—¿Es por la Vanessa?

—Sí... No quiero que tenga una mala vida.

—¿Quisiera traérsela a vivir con usted?

—No, ni loca, aquí se me escapa y no la pillo más —dijo sentándose en la cama, repentinamente alerta—. Y yo tengo que trabajar. No me puedo pasar todo el día pendiente de ella.

En sus manos tenía un libro de oraciones que a veces leía en la cocina.

—¿Y por qué tiene tanto miedo?

—Porque a mí me violaron, don Guillermo, dos veces —y soltó unas lágrimas abundantes que mojaron su cara—, una vez cuando chica, un tío, y otra vez en la población donde vivíamos con mi marido, cuando recién nos casamos. Me pusieron el cuchillo al cuello. Eran dos... No quiero que a ella le pase lo mismo.

Lo que hasta el minuto me había parecido una excesiva aprensión de su parte, se volvió un miedo concreto también para mí.

—¿Y le habló de la posibilidad del internado?

—No quiere saber. Me dice que si trato de meterla, se va a escapar, que se va a vivir con su mamá, o no sé a dónde.

—¿Y la mamá quiere recibirla?

—Pero si yo le quité la tuición a la mamá porque le sacaba la cresta a esta pobre cabra, y el marihuanero con el que anda capaz qué pueda hacerle. No, don Guillermo, ella no puede vivir con mi hija. Son gente maleá.

Hablamos un rato más y fui a acostarme. La escasa reserva de candor que había conservado de mi infancia se extinguió. El orden que había tomado la vida de Luisa y Vanessa parecía no ofrecerles escapatoria alguna. La violencia lo tenía todo, incluso la vida de una niña de ocho años.

Cuando Vanessa cumplió diez y Luisa la pilló besándose con un joven de diecinueve en la pieza que tenía para ella sola, fue al juzgado que le había conferido la tuición, denunció al joven y le pidió a la jueza que ordenara la entrada de la niña al internado de carabineros. Vanessa se había vuelto violenta con sus hermanos y no atendía razones. La jueza dio la orden y dos días más tarde llegaron los carabineros a buscarla. Luego de pasar un año ahí, con dos escapadas de por medio que no duraron mucho porque volvían por ella, la niña dijo estar arrepentida y le rogó a su abuela que la dejara volver: iba a portarse bien, iba a ir al colegio y a la iglesia e iba a mantener la casa limpia, que según Luisa era lo mínimo que podía hacer. Así fue por unos años, hasta que a los quince quedó embarazada de un vecino. Luisa la echó y la niña se tuvo que ir a vivir con su madre. No creo que Luisa se haya recuperado de ese desgarro. Amaba a esa niña. Sus últimos años conmigo, después de habernos separado Alberto y yo, a la espera de que llegara la edad de su jubilación, fueron tristes, desangelados, costaba un mundo sacarle una sonrisa y hasta sus viajes por el fin de semana a su pueblo se habían vuelto una carga.

Con la jubilación y una ayuda que le dimos instaló un negocio de abarrotes afuera de su casa. Cada vez supe menos de ella. Hasta hace unos años todo iba bien y sus nietos ya grandes contribuían con sus trabajos a solventar los gastos. Me pregunto si la violencia habrá dejado de acecharla, o si se habrá reproducido de otras formas ahora que Vanessa no estaba. O quizá la pregunta sea si volvió a vivir en medio de esos desastres familiares con la expresión devota y resignada de quien entiende los infortunios de la vida como designios de Dios o si continuó rebelándose ante ese destino aciago que a ella y a su familia les había caído encima.

Alberto

Por la estrecha escalera bajé hasta la cocina. Ahí se vendían las cosas de manera directa y en los cartelitos estaba escrito el precio. Había algunos juegos de platos incompletos, ollas de fierro, utensilios, potes y fuentes. Me dio pena constatar lo mal cuidados que estaban los muebles. Habían perdido el barniz y su cubierta se veía agrietada y descolorida. Luisa los mantenía impecables y seguro que Alberto habría criticado esa falta de cuidado.

Entró a la cocina con la vista levantada hacia la gran estantería que construimos, como si todavía viviéramos ahí y estuviera buscando una fuente. En un primer instante no se dio cuenta de que yo estaba en el otro extremo. Llevaba puestos una camisa Oxford rosada y pantalones chinos color beige, casi un uniforme que usaba para ir a la oficina. De pronto nuestra cotidianeidad se me hizo presente y recibí un golpe de emoción. Era cierto que habíamos sido felices en esa casa. Recordaba esa felicidad como una secuencia prolongada y sutil de momentos de diversión, de rutinas plácidas, de una compañía tejida de pequeños gestos de ternura. Sentí el impulso de abrazarlo. Me contuve a último momento, cohibido por todos esos años de separación y también por la mujer que tenía en sus manos la lista de precios y en cuyo rostro cenizo llevaba grabada una sospecha generalizada contra el género humano. Lo recordé moviéndose por la casa mientras nos alistábamos para recibir a nuestros amigos. Luisa dejaba la comida preparada, yo me ocupaba de las compras, de las luces, de las velas. Alberto preparaba la ensalada, ordenaba lo que estuviera fuera de lugar, limpiaba los baños y todo lo que yo iba ensuciando. Poníamos la mesa y arreglábamos las flores juntos. Las gozábamos más que cualquiera de nuestros invitados. A las nueve de la noche estaba todo listo, con las fuentes y los utensilios para servir sobre la cubierta del mueble central.

Lo recordé entrando a la cocina en la mañana, con cara de sueño y hambriento. Comía fruta, pan con huevo, tomaba café y leía el diario por encima de la taza que se llevaba a la boca. A veces le compraba un dulce árabe en El Bombón Oriental y se lo comía con un gusto envidiable. Creí oírlo de nuevo silbar mientras lavaba los platos los fines de semana, o corriendo escaleras arriba para saludarme con su cantado «llegué».

Habíamos mantenido una buena relación luego de separarnos. Los celos de nuestras nuevas parejas no ayudaron, pero mes a mes encontramos la forma de seguir en contacto, mostrando preocupación por el otro. Creo que a ambos nos había alcanzado el convencimiento de que, con todo lo dolorosa que fue, la separación había sido consecuencia inevitable de los años, un mandato del destino, un hecho de la naturaleza, lo que le quitaba la dureza necesaria para fundar sobre ella el castillo del resentimiento. Para mí, Alberto se había transformado en mi verdadera familia, a la que no estaba dispuesto a renunciar.

Era lógico que hubiera ido ese día. Debió de haber sentido la misma curiosidad que yo al encontrarse con el reportaje en el diario. Y vivía a tres cuadras de ahí, en un departamento frente al Parque Forestal, en el mismo edificio donde había vivido Lucrecia.

Cuando me vio, levantó las cejas en un gesto de sorpresa a medias, vino hasta mí sin apurarse y nos besamos en la mejilla. No se había alejado de mi oído cuando murmuró:

—Por qué la gente será tan mal hecha. Qué costaba echarles una manito de barniz.

Su cuerpo me seguía pareciendo atractivo y, sin embargo, ya no lo deseaba. Continuaba siendo un *orso biondo*, más todavía con la edad. Sus ojos azules reían como siempre y su cuerpo seguía respondiendo a un arquetipo de belleza masculina que yo había armado en mi mente. Pero ya no me hacía sentir débil ni anhelante como al principio, ni posesivo ni orgulloso como ocurrió después, ni tranquilo ni cobijado como me sentía con él hacia el final. Primero habíamos dejado de tirar, luego habíamos hecho tríos, después comenzamos a ser abiertamente infieles, hasta que decidimos separarnos. Esa es una línea para contar la historia. La otra, que me parece más certera, es que yo cambié. Cuando nos conocimos recién entraba a trabajar en una gran empresa. En palabras de Lucrecia, me vestía como un príncipe, dedicaba mi tiempo libre a cultivar nuestra popularidad social y una fiesta o un viaje no tenían parangón como forma de divertirse. Podría decir que compartíamos la misma clase de hedonismo. Durante los últimos años que pasamos juntos, dedicado ya por completo a escribir, me pasaba el día en mi escritorio, emocionado o enfurruñado a propósito de los progresos que hacía en la historia que estaba contando. Cada vez me entusiasmaba menos la idea de salir o de recibir amigos. También había perdido el gusto de viajar. Mis formas de diversión favoritas eran leer un libro, tener una conversación apasionada, tirar con alguien o hacer un trío, algo puntual, enérgico, vibrante, un golpe de corriente para después volver al ritmo lento de mi escritura. Reírse y «pasarlo bien» ya no eran los únicos fines. Ya no me bastaba compartir costumbres y amistades con alguien para sentirlo cercano. Buscaba relaciones fuertes, «privas», como les decíamos, gente con quien hablar horas al teléfono hasta satisfacer ese urgente deseo de intimidad. La baja intensidad de la vida social, con sus anécdotas y sus intrigas y sus pasos de baile, con su preferencia por los pequeños triunfos del buen gusto y el buen humor, me había aburrido irrecuperablemente. A Alberto no tenía por qué gustarle esa nueva versión de mí.

Pero ahora que lo pienso, ese deseo de intensidad, de hervor constante, de pedirle a la existencia que me recordara a cada momento que valía la pena, lo había tenido desde siempre y lo había experimentado con Javier, con Clarisa, con Lucrecia, también con el bridge, la literatura y la remodelación de ese departamento. El reproche que alguna vez le hice a Alberto de no ser ese cómplice audaz que yo buscaba resultaba injusto, porque no sería él de conversaciones profundas y desgarradas hasta las tres de la mañana, ni de orgías hasta el amanecer, pero había vivido conmigo todos esos años acompañándome en cada uno de los galopes a los que me lanzaba, sin hacer el intento de detenerme. Mi última escapada fue con un dramaturgo que conocí por Gaydar, la primera aplicación de citas que ocupé. Después de unos cuantos intercambios, nos dimos nuestros mails, para poder escribirnos más largo, sin las restricciones de espacio que imponía la mensajería de Gaydar. Yo le di mi mail real, él uno ficticio. Por un mes no supe con quién estaba hablando. Nos enviábamos largas cartas que buscaban saciar nuestra hambre de cercanía, nuestra calentura y nuestras ganas de escribir, de contarle al otro quiénes éramos con un grado de apasionamiento que creíamos enaltecedor. Hasta que un día nos animamos a encontramos en un café. Al verlo me pareció un hombre sin mayor gracia, pero yo ya estaba habitando el mundo vertiginoso de nuestras fantasías. Nos convertimos en amantes y luego, después de que Alberto no lo tolerara, en pareja. Cuando la intensidad que buscábamos con obsesión de drogadictos se extinguió, aparecieron nuestras debilidades: las de él eran mentir y celarme de forma enfermiza. Por suerte que todo aquello terminó. Jamás lo volví a ver. No me arrepiento de esos años, me regalaron un sentido de la vida que yo estaba anhelando, pero sí me arrepiento de haber sido tan ingenuo como para pensar que ese tipo de complicidad debía por fuerza transformarse en una buena experiencia de vida en común, de armonía hogareña. Su pensamiento, semejante a una ciudad subterránea, una red de pasadizos oscuros creada para huir de la realidad, en cuyos fosos se habían calcificado dolores y miedos antiguos, donde a lo más podía encontrarse un reflejo voluntariosamente distorsionado de la luz exterior, por muy estimulante que haya sido para mi imaginación, resultaba ser un territorio hostil para la vida diaria.

Alberto se había acercado a mí con la misma actitud de las primeras veces que nos vimos. Se movía como un zorro ante un plato de carne, mirando a todos lados y oliendo alrededor por si hubiera alguna trampa. Pasado un año de relación, cuando comprendió que yo de verdad lo amaba, dejó esa actitud de lado y comenzó a acercarse de forma más franca y alegre. Ahora de nuevo desconfiaba y expresaba una alegría defensiva al verme.

—Y, ¿qué te ha parecido? —preguntó.

—¿Las antigüedades o la casa?

—La colección de antigüedades es lo más impresionante que he visto en la vida —cada vez que quería imprimirle un énfasis entusiasta, pronunciaba esa última palabra mordiéndose el carnoso labio inferior—. Qué lata igual que haya pintado hasta las repisas de ese color menta. Talo decía que las cosas se veían mejor, pero yo lo dudo. ¿Cómo limpiarían todo esto? Cada jarrón, cada cosita... Y la casa, ¿qué te pasó con la casa?

—Me he llenado de recuerdos raros, un poco culposos, un poco extraños, no de nosotros, sino de otra gente, pero bueno, no sé, supongo que es normal.

—Yo igual me siento raro estando aquí. Como que viví aquí, pero como que no me lo creo. Sobre todo, con esta cantidad de cosas dentro.

—¿Y acabas de llegar?

—No, llevo un rato dando vueltas por este piso. ¿De quién te hai acordado?

—De la Luisa, la Lucrecia, la Clarisa, de Cristóbal, de Javier. Me encontré con la Carmen y con Andrés y con Julián y con Samuel, el que fue ministro.

—Puta, el caldito de cabeza que se te debe haber armado. Y de mí, ¿no?

—¿Cómo no? Si todos esos recuerdos son contigo.

—Sipo, mínimo.

—¿No te da vueltas la idea de que ya no eres la misma persona que vivió aquí?

—Bueno, nunca me sentí que era el hombre que vivía aquí. Porque esta casa yo no la habría podido tener nunca. Me encantaba, gozaba viviendo aquí, pero siempre sentí que era de prestado.

—Tampoco era *La isla de la fantasía*. Era nuestra casa. Yo siento que no tengo nada que ver con el que vivió aquí.

—Eres otro. ¡Dímelo a me! —no sé de dónde había sacado esa costumbre de reemplazar el mí por me, como si lo dijera en italiano.

—¿Pero para mal?

—Nooo, o sea, no sé —miró hacia el alto techo con una sonrisa indescifrable, como si buscase una respuesta que lo sacara de esa zona pantanosa—. Yo creo, hueón, que tu manera de ser es cambiar, erís así, se te mete algo en la cabeza y partís.

—Hace rato que no me muevo de donde estoy ni de lo que hago.

—Es que Pedro te sabe manejar. Bueno, yo también sabía. Pero él te tiene tranquilito. Conmigo agarrabai la moto a cada rato. ¿Ya subiste al segundo piso?

—Sí. Hay una colección de opalinas preciosa. Y unos dibujos eróticos de Cocteau.

—¿Cocteau? Mira tú.

—Y una foto de Talo con Javier Irarrázaval.

—Qué raro. Me acuerdo harto de Javier. Era choro ese hueón, tan loco no más. Oye, afuera está la cagá.

—¿Aquí afuera?

—No, en todo Santiago. Los cabros se tomaron las estaciones del metro y no está funcionando.

Saqué el celular por primera desde que había llegado y le eché una mirada rápida a Twitter.

—Chuta, de verdad está la cagada.

—¿Cómo tanto? —era su manera de pedir mi opinión sobre por qué las cosas habían llegado a tal extremo.

—Capaz que saquen a los milicos —dije para mí mismo, llevado por la alarma que se percibía en Twitter.

—Yaaaa, no le pongái.

Él también sacó su teléfono y nos quedamos un rato los dos en silencio mirando las noticias.

—¿Vamos a cachar afuera? —me dijo.

Nos asomamos a la esquina de la terraza y nos sorprendió ver las veredas llenas de gente caminando. El cruce de Merced y Santa Lucía estaba bloqueado por el tráfico y un gran desconcierto de bocinas dominaba la ciudad. Ya nadie esperaba en el paradero.

—Por suerte vine a pie —dije mientras volvíamos dentro.

—Te podís quedar en mi casa hasta que pase el despelote.

Lo miré con un gesto malicioso.

—Tai loco que te estoy invitando a tirar. Ni cagando. Si yo también tengo mis brillos.

—¿Ah, sí? ¿Con quién?

—Un surfer, de veinticuatro años. Lo pasamos la raja y me deja full servicio para toda la semana. Se queda a dormir conmigo los miércoles.

—¿Y te gusta?

—¿Pa tirar? Claro que sí, pero pa nada más. El pendejo es más sapo, se las sabe por libro. Tiene dos novios y yo soy el amante.

Cuando regresamos dentro, nos encontramos con Andrés Urrejola. Sonrió al ver a Alberto, en notorio contraste con la expresión entre temor y desdén que esgrimió cuando se encontró conmigo.

—Miren el parcito. Qué tontera que se hayan separado. Deberían seguir juntos, viviendo en esta casa, con unas cuantas de las antigüedades de Talo, pa que no estuviera tan pelá como la tenían, y haciendo unas fiestas increíbles.

—Afuera está la pelotera. Cerraron el metro —dijo Alberto.

—Yo los metería a todos presos. ¿El metro? Nunca he andado en metro.

—Mucha gente no va a tener cómo volver a su casa —dije yo, de nuevo enojado con él.

—Les hace bien caminar un poco, para que adelgacen. Tan gordos que se han puesto los chilenos. Ahora sí que van a poder sentirse todos iguales.

Yo sabía que lo decía para provocarme, para sacarme de quicio, para vengarse de que hubiera dejado de verlo por considerarlo un discriminador consumado. Doblaba la apuesta.

—También tú vas a tener que volver a pie a tu casa.

—Ah, no, perrito, yo tengo el auto con el chofer de la empresa en el estacionamiento subterráneo.

—Asómate a la calle. O mira tu celular.

—Dile al chofer que se vaya a su casa y te quedas en la mía hasta que la cosa pase. Aprovechamos para tomarnos un trago y copuchar un rato —le dijo Alberto.

—Oye, nada de un solo trago, mejor emborracharse para pasar este desastre. ¡Qué se habrán imaginado!

Se alejó hacia la terraza, mientras Alberto y yo, a la deriva entre los muebles y las pocas personas que todavía se movían entre ellos, desembocamos en la biblioteca.

—Puta que lo pasamos bien en este lugar —dijo.

—Fue más que eso.

—¿Ah, sí?

Lo miré con toda la ternura que aún me despertaba.

—Yo tengo el mejor de los recuerdos.

—Yo también.

De pronto una detonación nos arrancó del pasado. Nos asomamos al ventanal. Una marea de encapuchados arrancaba por el costado del cerro hacia el norte, perseguidos por carabineros y las estelas de las bombas lacrimógenas que se arrastraban sobre el pavimento.

Más gente se unió a nosotros para ver lo que ocurría. El dueño de la casa de subastas observaba el panorama con gesto adusto, sin decir palabra.

—Oye, Alberto, mejor nos vamos a tu casa altiro, porque capaz que después sea imposible —dijo Urrejola en voz alta e imperiosa desde la puerta.

—Si yo salgo con el aire así, me ahogo —le respondió Alberto.

—Nos ponemos un pañuelo en la boca, yo tengo dos y son buenos.

—¿Y tú vienes con nosotros? —me preguntó Alberto.

—No, no, vayan ustedes, yo me quedo aquí hasta que se calme y me voy a la casa caminando.

—Te vai a demorar más de una hora, si es que puedes llegar.

—Sí, pero prefiero llegar. Pedro también se va a ir para allá.

—Bueno, me llamái cualquier cosa.

Pedro

Llamé a Pedro desde el hall del ascensor. Estaba trabajando contra el reloj para inaugurar al día siguiente una intervención cultural en un bello edificio *art déco* del centro. Le dije que yo me volvería caminando y que él no iba a poder regresar a la casa en metro. Seguramente sería igual de difícil hacerlo en taxi o en Uber. Si llegaba a intentarlo, era mejor que prefiriera buscar hacia el lado norte del centro, cerca de la Estación Mapocho, antes que hacia la Alameda. Me dijo que me llamaría en media hora, que no me fuera caminando solo, que mejor nos juntábamos y regresábamos juntos.

Salí a la calle cuando ya no había disturbios. Los manifestantes habían corrido por Merced hacia el oriente y las fuerzas especiales habían ido tras ellos, dejando un eco de gritos y detonaciones. El aire picaba. La calle estaba cortada por una carabinera subida a una moto y el tránsito era desviado hacia el norte por José Miguel de la Barra o hacia el sur por Santa Lucía. Las columnas de autos apenas se movían. Con un periodo de uno o dos minutos, brotaba de ellas un clamor de bocinas que la falta de resultados concretos en el avance volvía a acallar. No podía esperar a Pedro ahí sin perder la calma, así que decidí cruzar el río para ir a El Toro, un bar al que iba seguido hacía ya veinte años. Mientras atravesaba a paso rápido el Parque Forestal frente al Museo de Bellas Artes, tuve el presentimiento de que dejaba para siempre ese mundo que el remate me había traído a la memoria.

Una vez que crucé Andrés Bello, el río triste y Santa María, entré en la atmósfera más apacible del barrio Bellavista, como si el caos y la protesta no lo hubieran alcanzado todavía. Me atendió uno de los mozos venezolanos con una sonrisa coqueta. No estaba el día para sonrisas, pero tal vez él no se había enterado de lo que ocurría. Le pregunté si no tenía que regresar a su casa y me contó que vivía con sus compañeros en un departamento justo a la vuelta del restorán, así que habían decidido permanecer abiertos. Pedí una copa de champán y papas bravas. A esa hora desacostumbrada, en ese día impredecible, había varias mesas ocupadas. Me llamó la atención un hombre de pañuelo en el pelo y nariz ganchuda que se encorvaba sobre una copa de vino tinto.

Llevaba ocho años con Pedro, un hombre que, en principio, no tenía nada que ver conmigo. Era veinticuatro años menor y se había educado en un colegio laico y medio hippie de la comuna agrícola de Pirque. No padecía de ansiedades ni contradicciones aparentes por ser gay, al punto que podría decirse que era un hombre seguro de sí mismo y enamorado de su oficio. Nos habíamos conocido a través de una amiga en común, una artista visual que había hecho las veces de celestina. Cuando comenzamos a salir, jamás creí que llegaríamos a ninguna parte más que a unos cuantos encuentros, pero él persistió y siguió buscándome hasta que su determinación me conmovió y terminó por conquistarme. Luego vino lo sorprendente. Su ternura me inundó y me sentí apaciguado, en paz con la vida. Nuestras rutinas calzaban, la necesidad de silencio y retiro también resultaban valiosas para él y no era hombre de fiestas ni apasionado por el alba, sino al contrario, le gustaba dormirse y despertar temprano, para ir a su taller a trabajar. Con él había encontrado un lugar inesperado para mí, un espacio libre de dominancias externas, de formas solapadas de coacción. No estábamos sometidos a ninguna regla social más allá de las mínimas necesarias para una buena convivencia. Nuestros límites los poníamos nosotros, sin que fueran inamovibles.

Tuve que esperar mucho más de lo que pensaba. En vez de llamarme en media hora, se tardó una. Me dijo que estaba por terminar algunas cosas que le tomaron otra hora más. Luego se quedó esperando durante quince minutos un Uber que supuestamente pasaría a buscarlo, pero que nunca llegó. Al final decidió caminar hasta el restorán. Llegó con hambre. Detrás de los lentes de marco azul, noté cómo la inquietud afloraba de sus ojos. Su mirada, por lo general apacible, se paseaba por el interior del lugar, luego por mi cara y enseguida volvía a enfocarse en la conversación que estaba teniendo con sus amigos por WhatsApp. En el camino había visto carros policiales pasar y un grupo de jóvenes encapuchados tratando de romper el cierre de metal de la estación Cal y Canto. Pidió quesadillas y una copa de vino tinto. Cuando terminó de comer, nos largamos a caminar hacia la casa. Pedro me precedía con esa forma a la vez felina y descoordinada de moverse. Vimos Plaza Italia desde el puente en arco que cruza el río frente a la Facultad de Derecho de la Universidad de Chile.

A pesar de que habíamos avanzado un par de cuadras larguísimas entre gente que bajaba por las veredas y el parque central de Santa María hacia el poniente, y de que los autos que avanzaban hacia la cordillera apenas se movían, tuve la impresión de que recién ahí, frente a Plaza Italia, Pedro se dio cuenta de la gravedad de la situación. Se apegó a mí con fuerza. En la intersección del puente con Andrés Bello ardía una enorme barricada, alimentada por unos encapuchados con listones de madera arrancados de los asientos del parque y desechos de un contenedor. Se oían gritos, disparos de lacrimógenas y escopetas antidisturbios. El carro lanza-agua parecía ejecutar el baile de una fuente con sus chorros desplegándose en abanico. Otro fuego ardía en el sector del teatro de la Universidad de Chile. Más allá, por Vicuña Mackenna, una nube de humo negro brotaba con fuerza de una micro en llamas, como si sobre ella pendiera un gigantesco aparato de succión invisible. Los ojos verdes de Pedro seguían los movimientos de los manifestantes que se replegaban hacia los parques Forestal, Balmaceda y Bustamante, y luego volvían a confluir en la plaza. Una llamarada se reflejó en los cristales de sus anteojos. Al contemplar el río hacia el oriente, exangüe por la sequía bajo el último sol, lo vi convertido en una delgada trenza color sangre.

Seguimos caminando por el lado norte del Mapocho hasta el puente del Arzobispo. Tuvimos que hacer piruetas para cruzar entre los autos que taponaban el puente en cada sentido. Logramos llegar a Providencia. La cantidad de gente que bajaba hacia el centro y el poniente de la ciudad desde sus trabajos en el barrio alto resultaba abrumadora. Seguramente permanecían en esa senda con la esperanza de que apareciera una micro o se reactivara el metro. Tuvimos que regresar a Andrés Bello para no estorbar la corriente. Cuando estábamos por llegar a nuestro edificio en el barrio El Golf, en el cruce de Enrique Forster con Apoquindo, en medio de altas torres de oficinas, rodeadas por edificios de departamentos, oímos una primera cacerola golpeada con algún utensilio, a la que se fueron uniendo otras a gran velocidad y en menos de un minuto todo el aire se llenó del eco metálico de la protesta. Pedro y yo no podíamos creer que, en ese vecindario acomodado, donde no podía decirse que cundiera la escasez ni las penurias, la protesta hubiese tomado fuerza como lo hacía en ese momento. Miré la hora en el celular. Pasaban de las ocho y ya oscurecía.

Los noticiarios comenzaron a reportar saqueos e incendios de micros que ocurrían de manera simultánea en varios puntos de la ciudad. Desde su lado de la cama, Pedro me miraba angustiado, con ojos atónitos. Nos apretábamos la mano el uno al otro cada cierto rato, como un recuerdo de nuestra presencia. A eso de las diez y media se vieron las primeras imágenes del edificio de la empresa de electricidad en llamas. Quedaba a cuatro cuadras de El Barco. Una hora más tarde llegaron los reportes de que se estaban quemando una estación de metro en Puente Alto y otra en Maipú. El presidente declaró por Cadena Nacional el estado de emergencia. Mientras hablaba, en una esquina de la pantalla apareció un pequeño recuadro con la imagen de otro incendio. Al final del discurso, llevaron la imagen a pantalla completa. Era El Barco. Se veía fuego salir de uno de los departamentos del segundo piso que miraba al cerro Santa Lucía. Enderecé la espalda y aspiré haciendo resonar la garganta. Pedro también se incorporó. Daba la impresión de que el incendio se propagaba con rapidez hacia los pisos altos. Pensé en los vecinos más viejos, si es que habrían tenido tiempo de escapar. Imaginé esos muebles y antigüedades ardiendo, las paredes y las estanterías de encina acariciadas por las llamas. Estaba perplejo y al mismo tiempo me recorría un placer morboso al pensar en aquel valioso combustible dispuesto a arder. Vi de nuevo el piso de parqué, los globos terráqueos, la madera reseca de los muebles de cocina, las alfombras y los cuadros, y esas cómodas y mesitas tan viejas y tan caras que incluso arderían con más ímpetu que un mueble común. Tres llamaradas surgieron de golpe al reventarse las ventanas del cuarto piso que miraba a Merced. A pocos metros del edificio, en la vereda de enfrente, se hallaba la estación de la primera compañía de bomberos cuyo flamante carro de incendios podía verse desde la calle cada vez que uno pasaba por ahí. Sin embargo, no llegaba la ayuda de bomberos. Debían de estar en el incendio de la empresa de electricidad o en cualquiera de los otros tantos que se iban sucediendo. Solo pude distinguir a algunas personas en ropa de cama, arracimadas a los pies del cerro, absortas contemplando el desastre, con los rostros iluminados por el fuego. No reconocí a nadie. La cámara subió hacia la incandescente cara norte del edificio. Las plantas de la terraza habían tomado fuego, como cabelleras encendidas en la noche. Ese mundo ya pasado terminaba de morir. Tuve miedo. También moría una parte de mí. Ya no era la persona que vivió en ese lugar, pero mi personalidad seguía construida sobre su recuerdo. Ese mundo de formas bellas, tiránicas e infructuosas, de reglas inculcadas que podían llegar a ser mortales, desaparecía ante mis ojos. En una esquina de mi corazón, un instinto vengativo se dio por satisfecho.

Agradecimientos

Les agradezco a José Pedro Godoy, Carla Guelfen-
bein y Óscar Contardo las lecturas inspiradas que
hicieron del borrador de esta novela.

Este libro se terminó
de imprimir en
Móstoles, Madrid,
en el mes de
abril de 2022

«Para viajar lejos no hay mejor nave que un libro.»
EMILY DICKINSON

Gracias por tu lectura de este libro.

En **penguinlibros.club** encontrarás las mejores
recomendaciones de lectura.

Únete a nuestra comunidad y viaja con nosotros.

penguinlibros.club